Tönne Speckmann

Lüëgen un anner Waorhaiten

Tönne Speckmann

Lüëgen un anner Waorhaiten

Erlebtes, Gehörtes, Erstunkenes und Erlogenes
aus dem Münsterland
in 23 Geschichten auf Platdüütsk

Aschendorff
Verlag

Bibliografische Information der Deutschen Nationalbibliothek:
Die Deutsche Nationalbibliothek verzeichnet diese Publikation in der Deutschen Nationalbibliografie; detaillierte bibliografische Daten sind im Internet über http://dnb.dnb.de abrufbar.

Die Illustrationen sowohl auf der Vorderseite des Buchdeckels als auch im Innenteil stammen aus dem Atelier HSB-Cartoon in Horstmar von Heinrich Schwarze-Blank https://www.hsb-cartoon.de/

Mit freundlicher Unterstützung

Volksbank
Gronau-Ahaus eG

www.aschendorff-buchverlag.de

Printed in Germany

ISBN 978-3-402-24864-5

Inhaltsverzeichnis

Vorwort

In Hamburg, Rostock, Kiel und Bremen pflegen sie ihr Platt, für Kölner und Düsseldorfer ist das rheinländische Platt selbstverständlich – nur der Westfale ziert sich; für ihn ist „Platdüütsk" meistens eher hinterweltlerisch, unmodern und hausbacken.

„Platt" hat mich mein Leben lang begleitet, und ich danke meinen Eltern noch heute, dass sie mich in diese eigenwillige Sprache eingeführt haben. Auch wenn mit uns Kindern „hochdeutsch" gesprochen wurde, habe ich jede Menge für mein eigenes Leben „mitgenommen".

Mein plattsprechender „Alter Ego" Tönne Speckmann ist in den 1990er Jahren „erfunden" worden als einer der Protagonisten der lokalen Talk- und Comedyshow „Max kommt!", die ich mit zwei äußerst kreativen Mitstreitern 25 Jahre lang auf die Bühne gebracht habe.

Ich wollte die Kunstfigur „Tönne Speckmann" aber nicht einfach so sterben lassen und habe die vergangenen Jahre genutzt, Erlebtes und Gehörtes, aber auch Erstunkenes und Erlogenes in eigene Geschichten aus dem Münsterland zu gießen. Inspiriert aber haben mich auch andere Autoren wie Gerhard Polt oder Andreas Weber, deren Erzählungen ich modifiziert und ins „Plattdeutsche" übertragen habe, soweit sie ins Münsterland passten.

Auch wenn die Geschichten größtenteils nach wie vor aktuell sind, macht es bisweilen Sinn, sich beim Lesen in die 60er, 70er oder 80er Jahre des vergangenen Jahrhunderts zu versetzen, um bestimmte Rollenverständnisse bzw. angedeutete Erziehungs- und Verhaltensmuster oder Ausdrucksweisen besser zu verstehen.

Die Erzählungen sind weitestgehend im „Platt" meiner Heimatstädte Gronau und Epe entlang der niederländischen Grenze verfasst; wohlwissend, dass sich plattdeutsche Sprachgewohnheiten schon in einem Radius von 20 km erheblich unterscheiden. Darüber hinaus habe ich mich am „Wörterbuch des Münsterländer Platt" von Dr. Klaus-Werner Kahl orientiert, das mir weitere neue und aufschlussreiche Erkenntnisse bescherte.

Klaus-Werner Kahl ist mir im Laufe der plattdeutschen Abfassung meiner Geschichten zu einem „treuen" Begleiter geworden. Danke Dir, Klaus-Werner! Zu danken ist auch den kreativen Köpfen von HSB-Cartoon (Heinrich Schwarze-Blanke und seiner Tochter) sowie dem Verlag Aschendorff für vielfältige Unterstützung. Last, but not least möchte ich es nicht versäumen, der Volksbank Gronau – Ahaus eG ganz herzlich zu danken. Sie hat mein Buchprojekt von Anfang an positiv begleitet und finanziell unterstützt.

Es kommt bei einigen Begriffen mitunter vor, dass für die „hochdeutschen" Begriffe keine genaue Entsprechung im „Plattdeutschen" gefunden wurde. In diesen Fällen habe ich die „hochdeutschen" Begriffe verwendet.

Die in den Erzählungen verwendeten Namen der jeweiligen Protagonisten sind rein zufällig, finden sich jedoch interessanterweise immer wieder in den zahlreichen Dörfern und Bauerschaften des Münsterlandes bzw. Westfalens. Ähnlichkeiten mit noch lebenden Personen sind möglich, aber nicht beabsichtigt.

Zur besseren Einordnung sei abschließend gesagt, dass sich viele Geschichten in dem imaginären Bauerndörfchen „Spökenberg" abspielen, das gerne irgendwo im Münsterland verortet werden darf.

Ich wünsche allen Leserinnen und Lesern angenehme Unterhaltung und möchte der Hoffnung Ausdruck verleihen, dass diese weitestgehend humorigen Geschichten dazu beitragen, „Platdüütsk" aus seinem stiefmütterlichen Dasein zu befreien.

Gronau, im Januar 2022
Otto Lohle | Tönne Speckmann

Vüörsprüëk

In Hambuorg, Rostock, Kiel un Briämen snakt de Lüde Plat, de Düsseldüörper of Kölner hölt auk graote Stücke op sien rienländske Plat, blaos de Westfaole häw sik un denkt ümmer nao, dat Platdüütsk oltmöödsk un gewüënlik is.

Mien Liäwedag häw Platdüütsk mi ümmer vul bedüd un ik wil mi vandage nao wal bi mine Öllern bedanken, dat se mi düsse wunnerlicke Spraok vömiddelt häbt. Auk wan se met us äs Blagen „Haugdüütsk" spruoken häbt, is bi alle dat een Haupen hangen bliëwen.

Speckmanns Tönne is mien „Alter Ego", 'ne Kunstfiguur, de in de 1990er Jaore ruutfunnen wuorden is, äs wi met drai Manslü „Max kommt!" op de Bene stelt häbt, 'ne lokale Talk- und Comedyshow. 25 Jaore häw dat anhollen un nao dat End in 2017 wol ik de Figuur „Tönne" aower nich stiäwen laoten.

So häb ik mi in de vögaonen Jaore dran sät, alles wat ik beliäwt un häöert häb, tosammen to driägen, häb wat daobi maakt, wat wäg laoten un auk wat opschriëwen, wat gaor nich waor is. So is een Haupen Geschichten tosammen kuëmen. Daobi häb ik auk Vötälsels un Döönkes van kunnige graote Schriwers so äs Polts Giärd of Webers Andreas üöwersät un in „Plat" üöwerdruogen, so wied se in't Mönsterland passen doot.

Alle Geschichten un Vötälsels häb ik in usse Plat schriëwen, wat wi hier langs de fröere holländske Grens küert, waobi düüdlik is, dat aal 20 km wider een anner Plat spruoken wüörd. Ik denk aower, dat usse Plat guëd vöstaon kaas. Wane holpen häw mi rächteforten auk dat „Wörterbuch des Münsterländer Platt" van Kahls Klaus-Werner, wao ik so mannig nie Waod funnen häb, wat ik anners nao nich so kande.

Dr. Klaus-Werner Kahl is mi bi't Schriewen op Plat ne ächte Hölp wäst. Danke, Klaus-Werner! To danken is auk de infalriken Köppe von HSB-Cartoon (Heinrich Schwarze-Blanke un sine Dochter) un dän Verlag Aschendorff för sine graute Hölpe. An't Enne mög ik et nich vögiäten, de Volksbank Gronau – Ahaus eG gaas hiärtlik to danken. Se häbt mien Bookprojekt van Anfang an för guëd befunnen un mi auk finanziell unner de Arms griëpen.

De Naomen un Mensken in mine Geschichten sint toföllig, se kuëmt annersiets aower üöweral in't Mönsterland ümmer wier vüör. So guëd äs alle Geschichten spült in „Spökenbiärg", een Buerndüörpken in't Mönsterland, wat et eengslik nich giw.

An'n End wünsk ik alle Liäsers vul Plaseer.

Gronau, in de Harremaond 2022
Lohles Otto | Speckmanns Tönne

01 | Spökenbiärg, mien Spökenbiärg „Willkommen in Spökenberg – Perle des Dinkeltales!"

So stait dat auk op dat nie Ortsschild, dat de Heimatverein äkstrao maakt häw, üm dän Tourismus antokurbeln. Spökenbiärg lig met sine 932 Inwüëners, twemaol Bed & Breakfast, twe Gasthüser un dat lütte Buerscafé Schnellmann midden tüsken Güllefeld, Plaggenbeck, Schmallental un Laigenduorp. Wel dat niks säg – dat is halwwägs 15 km van Brandsloh wäg.

Een Haupen Lüde mänt, in Spökenbiärg was de Tied staon bliëwen un wan äs äerlik büs, mos auk säggen, dat nao vödammig viël so is äs vüör sestig Jaore. Evangelske, Lutheraners of Calvinisten gaw et nich, of de paor sint met de Jaore wägtrocken wuorden.

För Laun un Braud suorgede in Spökenbiärg, so lang trüggedenken kaas, de Häänkesmast van Stoffers Heini, dat Spaonplattenwiärk un de Fleeskwaorenfabrik „Dat dröge Endken". Alle annern wassen Voll- of Nebenerwerbslandwirte.

Meddags wüör in Spökenbiärg nao nen anstännigen Ünnersten op de Ekbank in de Küëk hollen, de Blagen kregen tominsten een Maol in de Wiärk üörnlik wat an'n Hals un niëgen Maonde nao't leste Schüttenbeer schöt de Gebuortenrate in Spökenbiärg in nie Högten, wieldat de jungen Wichter üöre Unnerbükskes gauer unnen hadden äs de jungen Kääls dat waor häbben wollen.

De bedüdendsten Fierdage in Spökenbiärg sint bes vandage dat Patronaotsfest van de hillige Rebecca op'n 30. August, Schüttenbeer, Paosken, Arntedank, Winachten un Fastaomd.

De Fastaomdümtog in Spökenbiärg had siet mäer äs füwtig Jaore ümmer blaos twe graote bunte Wagens, de de jungen Kääls för'n Fätken Beer un nen paor Braodwüörstkes in fiew Dage tosammentimmert hadden. Fastaomd wüör auk ümmer fridags fiert, dän hadden de Spökenbiärgers nao wat van't Wiärkenenne un konnen auk de baiden Wagens nao saoterdags un sundags för dat dubbelte Geld an de Fastaomdümtöge in Brandsloh un Güllefeld vökopen.

De Ümtog duerde so guëd tain Minuten un draide an de Gnaodenkapelle üm. Tüskentieds wüörn de Bewuëners van de twe Ollenhüser in üöre Rulstöle van de ene nao de annere Straotensiet schuowen.

Fridags kam jaorelang dän dicken Höping uut Brandsloh met sinen Vökaupswagen un bragde aal dat schöne Spil uut de Stad met. Dat häw sik aower harre ännert, siet in Veltrups Garage nen Supermarkt losmaakt häw.

In de lesten achtig Jaore gaw't in Spökenbiärg drai Beliäwnisse, wao nao vandage üöwer küert wät, süüs maol daovan af, dat Schwartbecks Heinzi bi de Paralympics 1984 in Malmö metmaakt häw, he aower naowieslik daovan niks metkriëgen häw.

In dat Fröjaor 1945 häw de Tommi twe Dage nao de offizielle Befreiung Strothkötters Dochter Alwine, de guëd Engelsk küern kon, äs Üöwersätterin in dat düörplicke Entnazifizierungskomitee bragt, wao se düör üöre sünnerlicke Uutläggung nen helen Haupen Spökenbiärgers dat Gat red häw un et daonao so guëd äs kinen Nazi in Spökenbiärg giëwen häw.

„Befreit" wuorden is Spökenbiärg üöwrigens ninich; se häbt kapituleert un niks anners. Dat Waod „Befreiung" häw bes vandage in Spökenbiärg kinen Ingang in de amtlicke Stadgeschicht funnen.

In dän Summer 1968 bleew de Gütertog van Plaggenstedt nao Schmallental akkraot drai Minuten in Spökenbiärg staon, wat he siet Menskendenken nümmer daon had. Viële Lüde häbt daomaols mänt, dat dän Terrorismus nu auk in Spökenbiärg ankuëmen was.

Dat diärde Beliäwnis was de Maondlannung in dän Juli 1969, de dat hele Duorp bi Althoff in'n Gaorn bekiëken häw, wieldat de jä äs iärste in Spökenbiärg ne Fliëmerkist hadden.

So is Spökenbiärg. Aals gait sinen Gang un nüms kröpt sik üöwer wat op. Polietsk is in Spökenbiärg aals guëd in Uorder. In de 70er Jaore sal bi de Bunnesdagswaol – dat is aower geschichtlik nich afsiëkert – nen jungen vöbiesterten Zivildienstleistenden een Maol för Willy Brandt sien Krüüsken maakt häbben, wat aower aoms bi't Stemmenuuttällen in de Rige bragt wuorden is.

Spökenbiärg was bes in de 60er Jaore Haugbuorg van't Zentrum, un äs dat nich mäer widermok, sint se bol alle nao de NPD un nao anner waore düütske Partaien rüöwergaon. Düsse Häerns hadden sik aal Jaore vüördäm in dän ollen Langermannschen How achter Rosskamps Busk vökiëken un dän auk de Howstiär koft. Se wollen dao so'n Uutbellungs- un Trainingszentrum för waore Düütske opbauen. Dat häw de Presse aower gau spitskkriëgen un daomet ston Spökenbiärg för twe Maonde in dän Briänpunkt van de hele Medienlandschup. „Spökenberg – neues Zentrum der deutschen Naziszene?“, so was dat in graote Bukstabben üöweral to liäsen. Dat Düörpken wüör mäer un mäer ne Sensatsjoon, wat een paor waore Spökenbiärgers auk aal heel gau begriëpen hadden.

Nao buten wüör iärst nao üöwer „de brune Bande“ spittakelt un schafutket. Aower wu dat dan miärsttieds so is, was nao ses Wiärken auk mäer un mäer to häöern, dat auk de anner Siet bekiken mos. So wanners wüör et jä auk Tied, dat wier Enen oprüümt un de Lüde säg, wao et langsgaon sal.

Haipewies kam dat düütsknatsjonaole Volk, Rieksbüörgers, Identitäre un anner vöbiesterte Lüde, besunners auk Dusende van Demonstranten, de bol alle in üöre Telte linker- un rächterhand an de Allai unnerkuëmen sint.

De Manschupswagens van de Polsai stonnen op dän How van de Grundschool, un de Polsisten slaipen in de Spuorthalle, wat de Gemainde auk nao wal nen paor Mark inbragt häw.

Op de lange Allai nao'n Langermannschen How hadden de Spökenbiärgers aal nao twe Dage Diske met Drinkenswiärk un Friätstänne met Tötken un so'n Spil opbaut. In de Spitske sundags meddags häw dat eenfacke Braidken met Spökenbiärger Raikerschinken waorhaftig 6,50 Mark kost!

So mannigenen gefol dat wane guëd, auk wan düsse Gedo dat Düörpken rats op'n Kop stelde un för dat Beld van Spökenbiärg nao buten hän nich jüst van Vüördeel was. Uut markenstrateegske Sicht aower auk garnich so laig, mänden wat Lüde, wussen jä nu förwis Hunnertdusende, wao Spökenbiärg lag.

Daorüm sint auk nao vödammig viële Lüde in Spökenbiärg hellig op Schulten Gerd, de dän helen Buernhow op'n rächten Monnang affackeln dai, un daomet de Spook vüörbi was. Söws vandage kümp nao so mannigenen van düsse waoren Düütsken nao Spökenbiärg, üm de Ruinen van de daomaolige Bellungsstiär to bekiken.

Maol afsain van düssen Schandhook in de jüngere Geschicht is de Infrastruktur van Spökenbiärg rächteforts intakt, auk wan dat Duorp aal siet 1975 op't Papeer Staddeel van Güllefeld is un ümmer nao an sine Egenstännigkait fasthölt. Amtshuus, Spuortplats fins du jüst so äs Füerwiär, Kinnergaorn, Grundschool un de Gnaodenkapelle an Flörmanns Wiesken. Üöwer dat hele Düörpken troont de hillige Rebecca met Pastoor Holtmann.

Ne ensigste Schanne wassen de so benäömten „Bauten“ in de Luzifergasse; fiew Wuënbloks met üöre drai Stokwiärke, de so nen halwbakten Baumester in de Bauwoot van de sestiger Jaore plaont had. De Man häw dat Inwien nich äs metkriëgen, wieldat he nao de diärde Entziehungskur garnich mäer nao Spökenbiärg trügge kuëmen is.

Aower auk de so benäömte „Nie Tied“ is aal in Spökenbiärg ankuëmen. Wan vandage för dinen Wagen bi Oskamps Sprit tanken dös, dän küënt de Blagen siet korte Tied för 50 Cents so ne „Virtual Reality-Bril“ opsätten. Bi Wolskemann plaont se nu een Testgelänne för düsse Mercedes-AMG-Krakailers. Aower dat is nao nich besluoten, wieldat de twe Schikanen nao de niesten Pläöne üöwer'n Kiärkhow laupen süëlt.

De Supermarkt in Veltrups Garage is een biëtken vögröttert wuorden. Rächterhand van'n Ingang lig dat Iätenswiärk so äs ümmer, un linkerhand häw Winters Änne nu üör Sunnenstudio opmaakt; achten is dän nao de Sisha-Bar van Ala, dän ensigen Farwigen in't Duorp. Anners is de Flüchtlingswelle vulop an Spökenbiärg vüörbi rult.

Dat tüskenmensklicke Liäwen in Spökenbiärg häw sik in de lesten twintig Jaore pat harre vöännert. De Lüde häbt tüskentieds wat läert un wesselt üöre Unnerwöske vandage wul wat fakener äs fröer, un de Wichter hiraod nich mäer blaos in't Duorp, siet de Autobus nu auk twemaol an'n Dag nao Brandsloh föert. Nen „Wamen“ sal et auk giëwen, aower dat wees natüürlik nich so akkraot, wieldat enen „Wamen“ jüst so is äs een Been – dat löp auk nich eenfak so! Guëd to wiëten, dat dän jungen Man, äs sägt wät, Bi wuorden is, wieldat et daodüör mäer in't Duorp to doon giw.

So häw sik Spökenbiärg düör de Jaore dromt; Lüde stiäwt un Kinner kuëmt op de Wiält, vöschaiden enen süp sik daud – waorüm auk nich, wan he't gään döt!

Al düsse Saken mos wiëten, wan nao Spökenbiärg küms, de Pädel van't Dinkeldaal!

02 | Der grosse Bellheim of „Nu is he daud!“

„Ene Miljoon in’t Lotto wunnen, 150.000 Euroos van de Liäwensvösiëkerung kasseert un dän is em auk nao dat Wiew wäglaupen: Junge, Junge, wan et eenmaol löp, dän aower auk üörnlik!“

So kanden de Lüde Hetkämpers August in Spökenbiärg; ümmer för’n Witsken to häbben, un wu faken had he jä jüst düt Döneken vötält. Kine twiälw Maonde later dachde Hetkämper, dat he in’n falsken Film sat. Ne Miljoon in’t Lotto had he nich kriëgen, Geld van de Liäwensvösiëkerung auk nich, daoför was em aower dat Wiew nao achttien Jaore wäglaupen. Van enen Dag op’n annern was se wäg; un dän jüst auk nao met dän Saakvöstänningen van’n Water- un Buodenvöband, met dän he wiärkenlang üöwer de baiden Piärdewiesken vöhannelt had!

Van dao an was et an’n End met Hetkämpers Witskes. He was truerig, daip bedrööwt un kon sik maondelang üöwerhaups nich mäer bekrigen. Dat Mansmensk had sik kumplet drait. De Naobers wollen em nao wal helpen met’n Psychologischen Dänst van’n rägjonaolen Kreislandwirteverband. He lait aower niks un mäer an sik ran. Blaos bi sinen ölsten Suon Gerd, de op dän Naoberhow van Lütke Bockholt inhiraodt was, hüülde he sik af un an uut.

Hetkämper göng sine Arbaid op’n How nao, wao he et miärsttieds in Kaie un Bullen dai. Daovan kon he eengslik guëd liäwen, so rächt Plaseer had he aower nich mäer, siet dat sien Wiew em wäglaupen was. Dän aower kreeg he dän naigsten Daalslag, un he sinneerde nao: „Jau, wan’t eenmaol löp, dän löp et auk üörnlik! Blaos in de vökatte Richt.“

An enen Dag rande Hetkämper net äs so’n Unwisen düör de Vehüser, wus nich in nao uut un bölkede blaos nao: „Dat draw nich waor sien! Dat draw nich waor sien! Jä, nimp dat Elend bi us dan üöwerhaups kien End?“ Vedokter Bussmann, de aal siet Stunnen in’n Hetkämpers Stal antog was, üm to redden, wat nao to redden was, had dän aower an’t Enne opgiëwen most. „August“, had he sägt, „kwiäl dat Dier nich wider, et is op! Glaiw mi män, et is biäter, wan wi em met`n biëtken Hölpe inslaopen laot – dat Dier lid so üëwel!"

Unner Träönen sag Hetkämper: „Jau, wan förwis niks anners mäer müëglik is, dän laot wi et angaon. Dat Dier häw nao so'n unwies graut Liäwenswiärk wisse nen schönen Daud vödänt." Dr. Bussmann mok sine Arbaid, un dän was et auk gau passeert. „Der große Bellheim", enen van Düütskland sinen besten Bullen un siet Jaore aal Hetkämpers geldlicke Liäwensvösiëkerung met de Kennummer 386391, lag nu daud in sinen Stal. Nao 10 Jaore, 5 Maonde un enen Dag was et nu so wied. Dän ensigsten Bullen met 99% Tuchtwäädsiëkerhait un ne hauge Platseerung in Europas Leistungs- un Exterieurtopliste lag nu an'n Grund. He was daud!

Dicker kon et för Hetkämper auk nich kuëmen. In sinen düördraiten Kop laip he achter de Stiäle bol vüör dän Trecker van sinen Suon, de toföllig nao't Rächte kiken wol. Wier un wier bölkte he: „Nu is he daud – nu is he daud! Dat draw nich waor sien!"

Sinen Jungen wus natüürlik, wat dän Daud van düt Staodsdier för sinen Vader bedüden dai. Un bi alle dat probeerte he, em to berüigen. „Mien Guod, Vader", sag he, „dao hasses du jä met riäken most, dat so wat maol passeert!" „Aoch, wat du aals küers", krakailde Hetkämper, „wees du üöwerhaups, wat dat för'n Völüs is? Wees du dat? Niks wees du ollen Schnottert! Afsain van minen persöönlicken Schaden is dat jä auk nen graoten Daalslag för de internatsjonaole Swatbunttucht. Käle, Käle – so wat!"

„Junge, Junge – dat was nen waoren Spitskenbullen – dän Täller för Bellheims Liäwensproduksjoon an Sperma is leste Wiärk akkraot bi 539.459 Porsjaunen staon bliëwen!", probeerde Hetkämper dän grauten Völüs to vödüüdlicken. „Dat sint Talen, mien Jung – dao kaas du di äs een Bispiël dran niëmen: 539.459 Porsjaunen: Dao krigs du bi't Häöern jä aal Sweet op de Bles. 539.459!", sag he stolt!

„Wees du eengslik, wu vul dat is?", frög August sinen Suon. „Nä!", sag de auk heel äerlik. „Süüs, dat häb ik mi dacht, kaas du jä auk nich wiëten. 539.459 Porsjaunen, dat is bol een van de graoten Tankwagens vul, de muorns bi di de Miälk afhalen döt!

Aower nu is he daud, he is daud!"

Gerd had dat Gefööl, dat he säggen kon, wat he wol, et was sinen Vader jä so of so nich rächt! „Waoan is he dan nu stuowen?", frog Gerd heel vüörsichtig. „Waoan is he stuowen, waoan he is stuowen?" Wat 'ne Fraog!", bölkede Hetkämper trüg. „Waoan gait so enen Staodsbullen kapot, du olle Schaop?", snauede he em wier an!

„Dat kaas du di jä wal vüörstellen bi 539.459 Spermaporsjaunen. Gao du äs dien halwe Liäwen op twe Bene düör'n Stal!" „Fortschreitende Arthrose in de Achterbene un nu kam auk nao nen Ermüdungsbruch in't Becken daobi. Uut – Fieraomd – an't Enne dat Spil! Nu is he daud!"

„Allzeit bereit", sag Hetkämper, „dat was de Maxime van dän graoten Bellheim. Mien Guod, wat nen Staodsbullen, wan de so rächt anfong to knoien, dan kons du dat blaos bekiken, wan du nen langen Riängenmantel anhasses, so'n Splentern was dat. Kääl nä – de kon de wat van – aower nu is he daud!"

„Ik kan blaos van Glük säggen, dat de vöbliëwenen Sperma-Porsjaunen nao bes Winachten 2024 reekt un dat Bellheim sine Süöns aal praot staot, blaos ... dao häb ik niks mäer van!!!", bliëkde he sinen Jungen an. „He is daud!"

03 | „… was ik blaos met nao Bösensell föert …!“

Auk wan de Stuorm intüsken wat naolaoten had, was et män ümmer nao harre an’t Riängen. Schulte Lohkamps Willi sat nu aal twe Stunnen in sinen egenen Stal fast un wus nich, of he daodrüöwer lachen of hülen sol. Söws sine 200 Mastswine mocken dän Indruk, dat üöwer so vul Däösigkait blaos nao dän Kop schüëdeln kons. „Mien Guod, Christi Hiëmelfaort!“, dacht he so bi sik, „wel sal mi dan wal missen, wao ik jä gisten Aomd nao üöweral ankünnigt häb, dat ik met Else un de baiden Jungens nao Bösensell wol!“

Dat se dän an lesten End alleen föert sint, lag an sinen dicken Kop un dän mislicken algemenen Tostand. Wan he metföert was, hadden se jä alle fiew Minuten anhollen most, wieldat em üëwel wuorden was. För sine besten Frönde un de Naobers was he tominsten dän helen Dag wäg un dat Probleem, sinneerde he, kon sik blaos opkläörn, wan Schmales Herbert muorn frö to’t Miälken kam.

„So nen Schiet“, flökede he düör dän helen Stal, un daobi was et jüst iärst halw tien. „Nä auk“, sag he sik, „wan du eenmaol in de Schite päks, dän aower auk met Kawum!“, äs he miäkede, dat he auk nao sinen Küerknuoken in de Küëk liggen laoten had. Met sinen Pipenstopper probeerde he, een van de Scharneere los to krigen, aower nao tien Minuten had he sik de Fingers aal blöderig schuert un opgiëwen. De Pipenstopper saoch daonao uut äs ne Achterbaan, aower Düörn un Fensters wassen patu nich los to krigen. De iärst vüör ene Wiärk inbaute elektroonske Sluotsiëkerung van de graote Staldüör dai et aon Probleme, un et saoch aals daonao uut, dat he iärst äs uut sinen egenen Stal nich druutkuëmen kon.

Wanners kam auk de Vönül Stük för Stük trüg! Wieldat se op de Ofseersvösammelung aoms vüörhiär Lammerskötters Gerd to’n Generaol bestemt hadden – un dat natüürlik auk üörnlik met’n Beer un Wacholder fiert wüör, was he iärst tiëgen halw drai in’t Bedde fallen. Gerd had dat hele Volk nao de Vösammelung met nao Huus nuomen un vüör de Düör krakailt: „Stina stao op un maak de Blagen wacker, Pappa is wat wuorden un du krigs nen Generaol in't Bedde!"

Un nu dän düt hier! Nen dicken Kop un kien biëtken friske Lucht! De Stunk wüör in de Tüskentied auk ümmer grülicker un he wol sik iärst garnich vüörstellen, dat he hier wumüëglik nao bes an annern Muorn uuthollen mos. He probeerde een üm't anner Maol de nie Staldüör los to krigen, aower aon Wiärktüüg was dao wal niks to maken. Jau auk; de Düör had de lesten Dage af un an klemt un Feldbusch Heinz van Feldbusch & Kleibrink had vöspruoken, dat se dat Wiärks in de naigsten Dage repareern wollen un he blaos nich anfangen sal, dao dran rüm to fummeln, wieldat de Garanti dän förwis wäg was.

„So'ne waan düere Düör för veerdusend Euroos, de tiëgen aals siëkert; nich blaos tiëgen Inbriäkers! Kääl, so'n Driet", bölkede Willi een üm't anner Maol, „küms uut dinen egenen Stal nich druut!" In sine Büksentask fun he blaos een smiärig Taskendook un ne Kwittung van de Büerlicke – mäer had he nich bi sik, un an Iäten un Drinken was rächteforten auk nich to denken.

So sat Schulte Lohkamp auk tiëgen Uur of twiälw ümmer nao in sinen egenen Stal fast, un et wüör mäer un mäer düüdlik, dat he met de vüörhannenen Müëglikkaiten niks wider maken kon. „Kiek mi nich so däösig an!", snauede he sine Swine an. „... Is jä auk waor; ne nie Düör, 20 maol op un wier to – dat is jä wul normaal; dao draw sik so'n düer Dingen doch nao nich vötrecken."

Villicht stemt dao aower auk wat nich", sag sik Willi, „villicht häw et auk enen op mi afsain. Dat kan jä bol nich anners, so vul Malessen op eenmaol?" Nu drait auk nao de elektriske Uur düör un de audomaatske Anlaoge spüëtert Haupens van Swinefoer uut. De Swine sint nu heel düörneen un gek un küënt üör Glük garnich begripen: So vul to friäten un dän üm de Tied!? O Häer usse Huus! Et duerde kine Veerdelstuns un dän helen Stal was knaihaug vul met Foer un Driet, un dat bi nen bestiaalsken Stunk. Schulte Lohkamp wüör kuortäömig un had Duorst. Aower an dän graoten Waterkump kam he auk nich dran, daoför had he ne Ledder naidig un auk een Briäkisen, aower dao dran to kuëmen, dao was nich an to denken. Et saoch förwis nich guëd uut för Schulte Lohkamps Willi.

Villicht was dat aower auk garnich dän Stuorm un auk nich ne elektriske Malesse, de em in düsse Bedrulje bragt hadden. Villicht was dat jä auk ... nä, dän Gedanken was jä wal nen biëtken afwiägig ... aower annersiets: De olle Lütke-Vechtrup, de häbberächtige Gawweltange, wüör he dat wal totruen. De had dat jä ninich üöwerwunnen, dat dat met üöre jüngste Dochter un em daomaols niks wuorden is. Dat had se sik so schöön uutmaolt, de baiden Hüöwe metneen to vöbinnen. Nich, dat Helga kien patent Wicht was; nä, nä – in't Tiëgendeel, aower de Vüörstellung, met de olle Knieptang unner een Dak to wuënen, dat had et anlest kapotgaon laoten. Iärst had he dat nao wal beduert, aower äs de Olle em dän op Froonlieknam bi de Prosjaun in't Vüörbigaon an'n Kop smiëten had, dat he an sine Knipigkait un Vöstokhait män krepeern sal, was et för Willi an End. Dat sat aon Twiëwel; aower so vul Laighait, em in düsse Laoge to brängen, had he üör annersiets auk nich totruut!

„Nen Kuorten in dat Elektriske kon et jä auk nich sien, wieldat de Lüchtung jä graoten Deels nao göng!", dacht he bi sik. „Wan äer aower dän Stuorm dat nich was un de olle Lütke Vechtrup auk nich", was he an't Üöwerläggen, „wel kon em dan so vul Laiges an'n Hals wünsken?"

Schulte Lohkamps Willi göng in sik un auk sien häörig Sünnenregister düör. „Wocht äs", sinneerde he ..., „jau wisse wul, dän ollen Plaggemann uut Güllefeld had he daomaols jä dat junge Piärd vökoft un em nich sägt, dat dat Dier een biëtken mank göng. Daomet hadden se auk vüör'n Kadi staon. Dän Vögliek hadden baide Siten swaorens tostemt, aower dao is förwis wat hangen bliëwen."

Anners – jau – dat kon auk: „Kamphues, de Rentmester van de Büerlicke in Güllefeld, kam auk nao in Fraog. De hol em ümmer nao de olle Grundstüksgeschicht an'n Krummen Kamp vüör, wao he daomaols dän Küörteren trocken had." Willi sine Grund was Bauland wuorden, wieldat he bitiden nen Tip uut dat Bauamt kriëgen had, wat em eensiets so mannigenen Litter kost had, annersiets aower auk guëd anlägt Kaptaol was. „Aoch nä", sag sik Schulte Lohkamps Willi anlest, „vögalopeer di män nich in söcke unwisen Gedanken. De Kamphues is jä aal lang daud."

„De Stuorm? De olle Lütke Vechtrup? Plaggemann? Kamphues?“ – Wilm wüör nich blaos unrüig, he kreeg auk bol kien Lucht mäer.

„Schiält mi blaos nao, dat Schmales Ewald muorn frö nich to't Miälken kümp of mien Wiew met de Blagen nao nen Dag länger in Bösensell bliwen wil. Was ik män blaos metföert nao Bösensell!!!“ De Uutsichtslossigkait van sine Laoge was met baide Handen to fölen, em släög de Sweet uut alle Löcker. Un dän passeerde et: Schulte Lohkamps Willi, dat leste Kind van ne jaorhunnertolle Gootsfamilge in Spökenbiärg, wus nich mäer vüör nao trüg, vökraip sik in dän lesten Hook van sinen Swinestal, fol op de Knai un fong an: „Barmherzige Moder Guods, wan ik hier jemaols liäwend wier druutkuëm, dän ...“

(Dat häbt se mi vötällt; wohiär et eengslik kümp, weet ik nich.)

04 | „... De guëden Tiden sint aal lang vüörbi ...!“

Eengslik kaas di usse Düörpken aon dän „Spökenbiärger Dorfkrug“ garnich vüörstellen. Laukämpers Heini kam in de veerte Generatsjaun nao ümmer enigermaoten renteerlik üöwer de Runnen, auk wan dat Dag för Dag ne graute Opgawe was. „Aoch, wat wassen dat nao för Tiden“, sinneerde Heini, „äs us de Fietsen- un Drogentourismus nao de Tasken vul maakt häw. Snitsels un Braodkartuffeln häbt se us bol uut de Pan haalt.“

Düsse unbännige Fraide an't Geldvödainen was em apat aal lang vöschütgaon. Üöweral blaos nao Gesätte, Oplaogen un Vüörschriwten uut Brüssel, Berlin of Düsseldorf; kine Müëglikkaiten mäer, auk nao maol nen anstännigen Snid to maken.

„Gastronomie ist eine ständige Herausforderung, bei der man sich tagtäglich neu beweisen muss“, was dat offizielle Credo van Laukämpers Heini. Un: Bi Kontrullen van't Gesundhaitsamt sag he gään: „Hier kannst du vom Fußboden essen!“, wan he dän nien Köölkeller un de op Nieste uutstaffeerte Graotküëk präsenteerde. Siet halwwägs ene Wiärk wüör nu in'n „Dorfkrug“ daodrüöwer diskuteert, of se sik nen nien digitaolen Spöölaudomaten toläggen wollen. Dat För un Wier wüör hän- un trüggeschuowen. Anlest häbt se sik aower dän doch för ne labennige, mensklikke Fakkraft uutspruoken, wieldat Laukämpers auk an de düütske Wärtschup dachten un de unnerstütten wollen.

Aower mensklicke Faklüde – dat säg sik so licht! Fint du iärst äs maol nen Düütsken, de auk nao spölen wil. Dat lüt aals wunnerbaor un auk vaderländsk, kan aower annersiets för de egene Task gau nao achten losgaon. De Bewiäwers kuëmt di jä glieks aal met Work-Life-Balance, faste Arbaidstiden un Vakansriägeln, van Beteiligungsboni garnich iärst to spriäken. Heini un Else hadden sik dän üöwer een ni Unnerniëmen, dat Arbaiders uutlenen dai un dat, äs sägt wüör, för üöre guëden un mensklicken Arbaidsbedingungen bekant was, för nen Rumänen uutspruoken, ofschoonst Else an sik laiwer nen Swatten of Farwigen häbben wol, wieldat se dat äs wiältuopen Uuthangeschild för dän „Dorfkrug“ biäter funnen had.

Anlest wüör et dän Bogdan uut Craiova in Rumänien. De Papeere wassen in Uorder un äs Heini un Else häöerden, dat he veer Kinner to vösuorgen had, häbt se em forts 3,80 Euroos Stunnenlaun anbuoden; 30 Cents mäer äs se plaont hadden. Se häbt em aower auk glieks düüdlik maakt, dat he nu direktemang in'n Wedstried met so ne vulaudomaatske Spöölmaschien stait. Dao mos he nu män düör!

Iärst äs gaw't auk niks to lammenteern. Bogdan kam jerre Wiärk op sine 70 Stunnen, slaip op'n Haibüörn un alle wassen rächteforten tofriär. An enen guëden Dag kreeg de Häer Bogdan dän Infal, de „Dorfkrug" kon jä „Slaopen in't Hai" äs so'n äkstrao Angebod in't Geschäft opniëmen. Dän Vüörslag häbt Heini un Else auk glieks ümsät un de Fraide was graot. Guëd, daoför mos Bogdan dän för twe Wiärken in so nen maneerlik ümbauten Swinekoben ümtrecken. Dat is aower gau wier ännert wuorden, wieldat Bogdan daodüör bi sine Arbaid in de Küëk stünk äs nen helen Pumaschot. Daonao mos he sik dän so'n Kruuplok met twe Usbeken delen, de bi'n „Dorfkrug" för de Piärde tostännig wassen.

Dat göng so lang guëd, bes uut Brüssel nie Vüörschriwten kammen un Heini dän Bogdan an de Site nam: „Brüssel löt mi kine annere Müëglikkait, Bogdan", sag Laukämpers Heini, „de Drük op de Kossen is unwies graut un wi müët tosammen nie Wiäge finnen! Bogdan wus iärst so rächt nich, wat em ankam un wat Heini daomet mänt had, aower äs Heini em dän nen Stunnenlaun van 3,00 Euroos anbuoden had, wus Bogdan gau Bescheed, wat los was. Sine Wierwäöder hollen sik in Grensen un he läerde nu an sien egen Liew, wu dat met Kapitalismus un Globalisierung laupen dai.

Met wat sik de Gastwärte rümslaon mossen hadden Heini un Else auk vöschaiden Maol bi polietske Vösammelungen met Minnisters un anner bedüdend Volk suorgenvul vüörbragt. So göng et jä an't Enne nich mäer wider; düsse Häerns wussen jä üöwerhaups nich, wat waore Gastwärtschup bedüden dai. Unner düsse Ümstänne was et jä bol nich mäer müëglik, üöwerhaups nao Geld üöwer to hollen. Un dän häw Heini düsse Häerns auk äs maol optält, op wat du äs eenfacken Gastwärt aals oppassen mos, wan du blaos nen stinknormalen Kartuffelsaolaot maken wis. Dao frögs di jä, of de nao wal aals bineen häbt. Wan du alle Rainemaakvüörschriwten inhöls un dat witte Ganzkörperkondom üöwertrocken häs, bliw di jä bol kine Tied mäer, dat läten auk nao bitiden op'n Disk to brängen.

Un dän wilt se auk nao, dat ik dat Fet in dän Bräöder alle twe Dage wesseln sal un nich blaos alle tien Wiärken. „So kan dat jä wul nich wider gaon, an't Enne is jä de Gast de Bedüdende un nich de Iämter un de Biamten. Dat kost män aals Geld, un du wis jä auk methollen küënen", mok Heini sien Mainen ümmer wier düüdlik.

Dat häbt Laukämpers dän Bogdan auk so vötält. Guod Dank häw he dat aals guëd vöstaon un se sint dän tosammen üöwereen kuëmen, dän Stunnenlaun op 2,50 Euroos to sätten. Heini had Bogdan nao anbuoden, dat he jä gään auk mäer äs 80 Stunnen arbaiden kon, üm dän Völüs uuttogliken.

De Reguleerungswoot in Brüssel aower was bol nich to begripen, Oplaogen üöwer Oplaogen, van dän Bananenkrümmungsgraod bes nao de vüörschriëwene Fuom van de Fritten. Un dat du di bol jerren Dag vulstännig kiemfri maken mos, äer äs dat du üöwerhaups in de Küëk van'n „Dorfkrug" arbaiden draws, dat mok Laukämpers Heini anlest so rächt hellig. De haugen Stroomprise wol he iärst garnich anspriäken.

Fröer kons auk naomaol wat met „Smiärgeld" in de Rige brängen, aower dat gait jä in Tiden van „Compliance" garnich mäer, offiziell vöstait sik. Op de annere Siet weet jä jerrereen, dat du smiärn mos, wat nich heet laupen sal.

„Bogdan, Bogdan", sag Laukämpers Heini nao'n paor Maonde, „wi sint würklik tofriär met dine Arbaid, aower et wät nich biäter; wi müët nao mäer afknäppen. Kiek äs Bogdan, ik sin jä intüsken auk van dän schönen Audi 8 runner nao'n Audi 5 un Else föert auk nich mäer eenmaol in't Jaor för ses Wiärken nao de Mallediwen, se föert nu blaos nao drai Wiärken, guëd – dat dän wal twemaol. So mot jerrereen sinen Bidrag tostüern. Un wieldat dat so wider gait, müët wi förwis auk naomaol üöwer dinen Stunnenlaun spriäken."

„So“, sag Bogdan, „bes hier hän un nich wider!“, un dän wüör he so rächt hellig. Auk wan he Köst un Wuënen insluten dai, wol he nich unner 2,50 Euroos gaon. Anners kon he biäter nao sien Wiew un de Kinner trüg nao Hamburg; de häbt dao siet veer Maonde ne faste Biädelstiär in de Mönckebergstraot, dat smit dän ümmer nao mäer op äs de Arbaid in'n „Dorfkrug“.

Heini un Else aower wassen rächteforten baf un wünnerden sik üöwer so vul Undankbaorkait van dän Häer Bogdan, wecken se jä nu würklik blaos wiägen üöre kristlicke Grundinstellung opnuomen hadden.

(deels un fri nao een Vötälsel van Polts Gerhard)

05 | Fit un Fun bi Wöltermann

Spökenbiärg hong, wat de Arbaid anlangt, so lang äs denken kaas ümmer an de Naodeln van de olle Spaonplattenfabrik un van de Fleeskwaorenfabrik „Dat dröge Endken". Wiägen swaore Failers van de Geschäftsföerung bi't eengslicke Geschäft is Kottenforsts Berni met sine Spaonplattenfabrik dat Geld uutgaon, un binnen drai Wiärken stonnen 78 Lüde op de Straot. Perdu, wäg, dat hele Spil, auk wan vöschaiden enen in Spökenbiärg wus, dat Berni sien Water aal vüördäm maakt had un förwis nich unvösaiens in Armood fol.

Wöltermanns Karl, ensigsten Slächter in't Duorp, had bol to glike Tied sien Geschäft opgiëwen, wieldat sik de Fleeswaorenfabrik siet twe Jaore ümmer wier vögröttert had un he för sine lütte Slächteri in Spökenbiärg kine Tokunft mäer saoch. Wöltermann was een patent Mansmensk, nen düftigen Handwiärker, flitig, met guëde Maneern. In Spökenbiärg was he bekant daoför, dat he nao wal „nen weerigen Docht" had, kien Wunner bi ses Kinner. Van em kümp de Sprüëk: „Et mag in Spökenbiärg wal nen Haupen Kääls giëwen, de et biäter küënt äs ik, aower ik glaiw nüms, de et laiwer döt!" Auk dän Sprüëk: „Ik weet nich, wat i dao maakt, aower i häbt dao schöön Wiär daobi", kam van em, äs he an enen guëden Dag een jung Päörken in't Audo bi't Knoien üöwerraskede. Methän, een plaseerlik Mansmensk düör un düör.

De ölsten van sine Blagen, alle Wichter, wassen aal lang uut't Huus, aower Karl had in't Oller naomaol naosät un dä: Twillinge, twe stramme westfäölske Jungens, Jan Bernd un Gerd, guëd baut, aower nich to dik, de ümmer gään wat to iäten moggen, un de se in Spökenbiärg guëd liden konnen. Auk met 22 Jaore hadden se ümmer nao kinen fasten Vökäer, süüs maol van dat jäörlicke Gewuorstel op de Kiärmes of nachens bi't Schüttenbeer af.

Karl had nao gründlik Afwaigen van alle Vüör- un Naodele dän Infal, met sine baiden Jungens in Spökenbiärg een Fitness- un Saunacenter op to maken. He wol wat anneres maken, un dat hele Duorp had iärst äs nao drüöwer lacht, äs kunnig wüör, wat he vüör had. Uut een paor Gedanken un Spinnerien sint dän

Teeknungen wuorden, uut Teeknungen auk gau Baupläöne un dän kammen de Baggers.

De vöfliesten Slachtrüme van sine daomaolige Slächteri wassen äs Grundsteen van'n Saunaberiek dacht – dao kon he spaoren – had sik Wöltermann dacht – un de Flisen sitten laoten. Jüst tiëgenan lag buten de olle Aalkule, wao he de „Outdoor-Recreation-Area" plaont had. Klaor, dat dao een Swembad, Liggestöle un ne daipe Dükerkule hän häöerden. Drumharüm had he ne graote Hiëge sätten laoten, dat nüms van buten drinkiken kon, wat se an un för sik in Spökenbiärg nao wal gään dain.

Karl had bol an aals dacht. Schulte Balsums Grete, de fröer bi Schlecker ümmer för de Liewpliäge tostännig was, had dat Säggen in dän helen Wellnessberiek. De Dochter van Kamphues, de een biëtken trügge bliëwen was, sal üör bi't Wesseln van de Badelakens to Hand gaon un was eengslik auk tostännig för dat ümmer wier naidige Opgaiten in de Sauna för Manslüde. Daovan nam se aower nao twe Wiärken wier Afstand, wieldat se so vul blaude Kääls män nu nich gewüënt was.

Se holp dän in de Footpliäge bi Rensings Käthe uut. Wöltermanns Karl had Käthe uutsocht, wieldat se düör de lange Tied, de se in de Häänkesmastfabrik van Stoffers Heini arbaidt had, dat miärste Wiëten üöwer Huutkontakte vüörwisen kon.

Karl fong vüörsichtig an un mok dat Center iärstertieds iärst üm ses Uur aoms los. Winters Sefi had dat op ne 450 Euroos-Vödrag üöwernuomen, wieldat se met de Unnerholtsgeld för de drai Blagen van üören wäglaupenen Kääl vüörn un achten nich trächt kam un dat Geld guëd bruken kon. Dat „Kulinarium" (so näömde he de twe graoten Rüme, wao de lange Tresen drin was un du auk wat iäten kons) üöwernam he söws. Iärstens, wieldat he auk gään een mog un tweddens, wieldat dao dat miärste Geld vödänt wüör, un dao wol he nüms anners dran laoten.

„De Ingangsberiek is de bedüdendste, dao mos du forts Wohlfühlatmosphäre vömiddeln", had Karl ümmer sägt un daorüm sine pricke Dochter Marlene daohän sät, daoför aower sine Frau laiwer in de Küëk laoten. Marlene was met üöre Fröndinnen auk för de indischen Ayurveda-Anwännungen un de Klangschaolen-Therapie tostännig. Met dat brasiljaanske Haor-Uuttrecken (wat se auk wal „Waxing“ näömt) wol he aower iärst anfangen, wan Bosmanns Hilde bi de Fleeskafdelung van dän nien Discounter künnigt had.

Garderobe un „Outdoor-Control“ (Buten-Opsicht) wol he iärst outsourcen (of anner Lüde üöwerlaoten), had dän aower dän pensioneerten Polsai-Wachtmester Wietholts Hermann instelt, de blaos Spritgeld häbben wol. Hermann was daomet rächt guëd tofriär; he kreeg een wit Kielken, wao „Facility Management“ drup ston un kon äs he wol to jerre Tied in alle Berike, auk in dän för Fraulüde un mäer wol he wul garnich. De Kosmetik- un Biosthetik-Afdelung wüör van Dirks Änne in de Hand nuomen, de lange Tied äs Spriäkstunnenhölpe bi Vedokter Bussmann arbaidt had.

Oprüümt un rain maakt wüör dat Center jerren Muorn üm ses Uur düör dän Kiärkenrainemaak-Kring van St. Rebecca. De acht Fraulüde wesselten sik Dag för Dag af un wollen dat so lange maken, bes se üöre Pilgerfaort nao Lourdes in de Task hadden. Daonao mos sik Wöltermann män nao wat anners ümkiken.

Aower wu dat dan so is – et kam nich so rächt antog, un nao drai Wiärken trok Karl de Naudbrems. Sien Marketingkonzept gōng nich op, he mos ümstüern. Op de afgünstigen un knickerigen Spökenbiärgers kon he nich wochten. He mos auk in de widere Ümgiëgend Tamtam un nie Angebodte för bestemte Gruppen maken, had em Schmitz Bäänd sägt, de bekantlik op’t Kontoor van de „Büerlicke“ sat. Un so passeerte et auk! Naodat Wöltermann met sine Jungens tosammen siäten had, konnen Fraulüde, de nich uut Spökenbiärg kammen, drai Maonde lang van 16.00 bes 22.00 Uur aon Intrit to betalen in Wöltermanns Fitness Center gaon. „Jau“, had Wöltermann nao sägt: „met Spek fängs du bekantlik Müse, dat is nao ümmer so wäst.“

Dao kaas di vüörstellen, wat dao los brak. Nich blaos de Fraulüde uut de Giëgend üm Spökenbiärg kammen in Grüpkes, auk de Spökenbiärger Manslüde hadden nu iärst rächt Lunte ruoken un dain nu albineen in Spuort un Sundhait, wuvan de miärsten vüördäm nao niks häöert hadden. Jerren Aomd was de Bude rappelvul, de füwtain egenen Parkplässe wassen ümmer besät, anlest wüör bes an’n Kerkhow parkt. De Tostand fong an to eskaleern, wieldat et bi Wöltermann jä nu ümmer wat to kiken gaw. Mäer un mäer Lüde funnen dän Wäg in Spökenbiärgs Fitness-Center. De miärsten Besökers hollen sik wal in'n Saunaberiek op, aower auk in't Kulinarium göng et düftig daobi.

Spökenbiärg had eenfak ne nie Sensatioon, un nao dat Malöör met de Spaonplattenfabrik had nu dank Wöltermanns Sauna- un Fitnesscenter bol wier jerrereen Arbaid funnen. Wöltermanns Geschäftsidee haude prima hän, auk wan dat geselschuplicke Liäwen anfong, sik to vöännern. In Spökenbiärg wüör bol nich mäer kiëgelt, un Teutonia Spökenbiärg kreeg sundags nich mäer äs niëgen Spiëlers op't Feld – un dat aals, wieldat dat Center aal muorns üm tien Uur los mok un se sik bi de Tiden jä nu waorhaftig nich nao't Kiëgeln of nao'n Footbal richten konnen. In St. Rebecca kons du sundagsmuorns de Lüde an twe Handen aftällen un dat, ofschoonst Pastoor Holtmann wiärkenlang tiëgen dat Blaude-Mäsen-Teaoter bi Wöltermann priägt had.

Met de Tied kammen auk de Spökenbiärger Fraulüde gaas stikum wier in dat Center, wieldat dao jä nu wat los was. Een Deel was an't Rainmaken, een annern Deel an't Bedainen un nao wier enen annern sat söws in de Sauna. So hadden de Fraulüde natüürlik auk kien Tied mäer för'n Kiärkenkoor, de Blagen nao'n Kinnergaorn to brängen un garnich iärst daovan to küern, to rächte Tied dat Iäten op'n Disk to brängen.

Dat hele Spil was harre in't Rullen kuëmen. Nao ses Maonde is anbaut un dat Kulinarium vögröttert wuorden. Nao bol twe Jaore wüör kumplet ümbaut; daonao kons du bi „Fit & Fun" auk üöwernachten. Van nen nien Beriek äs „Swingerclub" wol Karl aower nao niks wiëten.

Wöltermanns Karl wüör twe Jaore achterneen „Unternehmer des Jahres", is in'n Kreisdag bragt wuorden un alle häbt drup wochtet, dat he sik op'n Wäg nao Düsseldorf mok. „De Man kan wat", hadden se in de FDP sägt un em för'n Landdag opstelt. Äerlik sägt hadden se auk nüms anners, wat bi düsse Partai wiägen üöre Grötte auk nich widers vöwünnert.

Karl had sik een graot Bungalow tüsken Spökenbiärg un Güllefeld baut, sien Konzept daonao nao veer Maol annerwäggen ümsät un anlest dän Infal för'n Batsen Geld vökoft. Jau, he ston kuort daovüör, nen waoren „Global Player" to wäern. An enen guëden Dag hol he in, göng in sik un dacht: „Ik sin mien Liäwedag jä Slächter wäst, häb dän alle Lüde wiest, dat ik auk anners kan – aower: Is dat nu aals wäst? Europa häw Tokunft!“, sag he sik un föerde bol een halw Jaor düör heel Europa. He bekeek sik, wat de Lüde in de unnerschaidliksten Länner alle so atten, fratten of gouteerden. Dao soch he sik dat beste druut un vögleek dat daomet, wat sine Spökenbiärgers an laiwsten to sik nammen. Un wat mäns, wat passeerte: Et duerde kine twe Maonde, dao gaw et in Spökenbiärg nen heel nien Fienkostladen met dän Naomen: „Dat Beste van Üöweral“. Dao kons du waore Äkstraos so äs rumäänske Bäernliäwerwuorst jüst so guëd krigen äs piëkelte Piärdelungpastete uut dat spaanske Aragon of ne Beenschiwe in Aspik van nen sloweensken Hippenbuk. Wat sal ik nao widers vötällen! Du kaas di dat jä bol denken: fridags un saoterdags stonnen de Lüde wier in lange Rigen op Straot, üm düsse iärstklassigen europääsken Saken to kopen. De iärsten Spökenbiärgers stonnen aal wier in Laun un Braud bi Wöltermann, un de How van de Grundschool wüör aal wier äs äkstrao Parkruum bruukt.

Dat Scheesken fong an, sik wier to draien.

FIT
UN
FUN
FIT UN FUN
Töttchen
Liäwer-
braud
Möpken-
braud

06 | 42

Et is bol nich to glaiwen – alle Diske besät; op'n gewüënlicken Fridagnaomeddag! Guëd, dat de Chefin van't Café Schnellmann in Spökenbiärg bi usse Mamma in'n Kiëgelklub is. Dat helpt dän an lesten End nao, un wi kriegt so'n lüt rund Diskken tiëgen de Trap nao'n Keller. Egaol!

Ik bräng usse Mamma's üören Mantel wäg un denk mi nao, dat dän Ollersdüörsnid förwis üöwer siëmtig Jaore liggen mot, waobi dän Düörsnid unner de Wiärk gewüënlik nao wat högger lig, aower dat vöwünnert jä auk nich, wieldat ik jä nen Haupen frisk Blood in dän Laden bräng.

Achter üöre Smanttaten müstert de finen Damens mine Garderobe van unnen bes buom, afgünstig mien vulle Haor un auk dat nao junge Fel. De häbt förwis üöre besten Dage söws aal lange achter sik, wilt et aower villicht auk nich waor häbben. Mannigmaol, wan ik mi wat olt fööl, gao ik gään in Schnellmann's Café, dän fööls du di „graot" un äs nen Eenaigigen unner Blinne.

So auk vandage; ik häb Gebuortsdag. Met usse Mamma, nen häerlik däftigen Koffi un Krisbiärentate fier ik minen 42.!!! Jau, un dän gait et auk aal wier los, so äs jeed Jaor.

„Aoch Mamma, nu häöer enliks op, ik sin jä kien Kind mäer!", säg ik heel sacht to üör, äs se mi stolt üör Metbrängsel in de Hand drükt. So äs jeed Jaor weet ik, wat in dat schöne Papeer inpakt is, un ik kan patu nich mäer an mi hollen: „Mamma, du wees siet Jaore, dat ik düsse grülicken Baumwulstrumpbüksen nich mäer antrek, dao kaas du dusendmaol säggen, dat de jä so schöön waam sint!" Se schüëdelt met'n Kop un löt mi nao wiëten, dat ik muorn förwis wier krank sin un dat Teaoter dän wier los gait, wan ik mi unnen harüm vököölt häb.

Häerguod nä – nu sal ik auk nao dat Kääsken op de Tate uutblaosen! Aower ik wil nu patu niks uutblaosen un ik wil auk nich, dat usse Mamma daodrüöwer naodenkt, dat ik mi villicht unnen harüm vökölen kan. Wan ik mi unnen harüm vökööl, dän is dat mine Saak.

Junge, Junge, siet üöwer 40 Jaore de sölwigen guëden Raodsliäge; ik kan et nich mäer häöern. Dän blaos ik dat Kääsken wul uut, daomet enliks Ru is. „Aower de Strumpbüks trek ik förwis nich an, dao kaas du di op'n Kop stellen!“ Dat was dän wal een biëtken to luut, un twe van de Damens an dän Naoberdisk fangt aal an to kakeln.

„Is jä guëd“, säg usse Mamma, un ik säg: „Niks is guëd, garniks! Ik kan de Dingers nich mäer vüör de Aigen sain! Daomaols, äs Kind, mos ik de hele Tied düsse däösigen Strumpbüksen driägen un auk de grülike fliärfarwene Wulmüsse met so'n kleen Lok för't Gesicht to't Düörkiken. Vandage bruukt se söcke Dingers bi'n Banküöwerfal!“

Met de Wulmüsse un de Strumpbüks had ik aal völuorn äer äs dat mien Liäwen eengslik los göng, besin ik mi nao guëd. De annern Blagen häbt kiëken, sik wünnert, lacht un dän ... dän häbt se mi vöklopt. So was dat met de olle Müsse un de Strumpbüks ... vödorri naomaol!

Of dän Snaianzug. Mien Guod de Snaianzug! De Snaianzug hät Snaianzug, wieldat du dat Dingen winterdags dräg. Blaos ik mos met düssen Snaianzug bol düör dat hele Jaor, förwis bes April, dao kon et nao so waam sien. Snaianzug un Strumpbüks bes mi de Sup in de Winterstiëwels laip un ik in de egenen Stiëwels hän un trüg rutsket sin. Un de annern Blagen? Iärst häbt se kiëken, dän sik wünnert un lacht, un dan ... dan häbt se mi wier vöklopt. So saoch dat uut, ik swüör!

„Nu is't aower guëd“, säg usse Mamma un fäng an to grinen, wieldat ik so fies to üör was. Dat miäkt auk heel besuorgt een paor Fraulü an nen annern Disk un fraogt, of dan wal aals in Uorder is. „Jau, jau!“, säg usse Mamma un mäk daobi een Gesicht, dat jerrereen süüt, dat niks in Uorder is.

„Ik häb et män blaos guëd mänt, du wees jä söws, wu gau du di vökööls, ik häb mi jä män blaos Suorgen maakt, du büs jä ümmer so'n hänföllig Kind wäst, lüt un swak!“ „Nä“, bölk ik, „ik was gaas un garnich hänföllig, un nu häöer enliks op met dat Süörn un de Kwateri.“ Dat is apat nu so luut, dat auk dän lesten Gast in Schnellmann's Café dat metkriëgen häw.

„Un dän de iärste Fröndin met füwtain, Guoddank aon Snaianzug, wees dat nao?“, fraog ik üör. „Wel kümp mi niks di niks in minen Stuom, wao wi graod dat iärste Maol an't Smusen wassen? Na, wel? Usse Mamma natüürlik, met nen graoten Wöskekuorw vüör di häs du sägt, dat de Unnerbüksen aal wier so äösig wassen ... säg äs, kaas du di üöwerhaups vüörstellen, wu schaneerlik dat för mi was? Direktemang vüör mine iärste graote Laiwe? Dat was dän daonao auk forts wier an'n End. Dat Wicht häw iärst kiëken, dän sik wünnert, lacht un dän ... nä, vöklopt häw se mi nich. Se häw de Geschicht aower jerrereen in de School vötält, un de häbt mi dän vöklopt. So was dat un nich anners. Un wek junge Wicht wil aal met nen Jungen rümfummeln, de so ne vigelette Baumwulstrumpbüks dräg?“

„Du mos jä ne grülicke Moder hat häbben!“, nimp usse Mamma dat Gespräök wier op un wisket sik de Träönen uut üör Gesicht. Dän aower bräk dat Spil so rächt los; de bes daohän äer gewüënlicke Laoge nimp nu düftig Faort op.

„Wu gais du Snottert dan met Dine Moder üm?“, häöer ik et heel düüdlik van dän Naoberdisk, un an dän annern Disk säg ne fine Dame: „So küers jä män nich met sine Moder, du Lorbas, du!“ Wier een anner Frommensk fäng nu auk an to schafutken un to hülen. Üören Jungen küerde jüst so met üör, is to häöern, is aower nu in Amerrika in de Wärtschup. Se löt dän de hele Bagage nao wiëten, dat se drai Kinneskinner häw, de se villicht aower blaos Winachten to Gesicht kreeg. Et duert nich lang, un de iärsten Beller van de Kinneskinner ligt op'n Disk.

„Nu is et apat guëd!“, bölk ik in de Gruppe, de intüsken al üöre Köppe üöwer ussen lütten Disk hadden. Aower et is aal to laat, de naigsten niesgirigen Ollen vösammelt sik auk aal üm ussen Disk harüm.

„Aoch jau, daomaols“, is nu vul to häöern, äs de hele Banne de Fotoos bekik. „Jau daomaols, dao wassen bol alle glüklik, aower vandage!“, jankeden se, „Vandage?“ „Wat hadden wi daomaols aals för so ne Baumwulstrumpbüks daon?“, säg ne haugniërsige Dame met üören extravaganten Hood. „Aals hadden wi daoför giëwen, aals! Undankbaor sint de Blagen wuorden, to guëd gait et dat hele Volk!“

„Nu maak äs dine Moder nao ne leste Fraide un trek maol iäm de Baumwulstrumpbüks an!“, säg een anner Frommensk, de üör Stüksken Himbeertate glieks metbragt häw. Dat maint auk twe annere Fraulü, de de Baumwulstrumpbüks iärst haug holt un dän an mi dran. „Päs jä prima, kiek äs!“, säg dat Frommensk met dän graoten Hood.

Ümmer mäer öllere Fraulü kuëmt nu an ussen Disk un trekt an mi harüm. Et rük nao 4711 Kölnisch Water un auk een biët-ken nao Franzbrantwien. Een paor däftige Arms probeert, mi op dän Carrara-Footbuoden to dwingen un de Baumwulstrumpbüks üöwertotrecken. De hele Laoge is kumplet undüörsichtig, et wät biëten un krast. Ik bölk düüdlik: „Hölpe, Hölpe!“ Awat: Ik roop: „Mamma, Mamma, nu help mi äs!“

Un dän kümp se äs so nen Phönix uut de Aske, usse Mamma äs Redder in de högste Naud! Tüsken al de Ollen trekt se mi unner dän Haupen wäg, smit mi üöwer üöre Schuller un sliëpt mi uut dat fine Café. Se vösuorgt mine Wunnen laiwevul un säg: „Wan auk nich jerre Sekunne nao di kiks! Kleen un swak büs du wäst, kleen un swak!“

(deels un fri nao en Vötälsel van Webers Andreas)

07 | Op't Amt in Spökenbiärg

De Schanne was graot, un in de Siälen sat de Pien nao de fiendlicke Üöwernaome düör Güllefeld ümmer nao daip. Dat politsk besluotene Tosammenläggen was nu aal mäer äs dertig Jaore vüörbi, aower de Griäwen ümmer nao nich toschüt. Nachens wüörn ümmer nao Schillers met „Spökenberg – Stadt Güllefeld“ afbruoken of afännert in „Spökenberg“ an Stiär van „Güllefeld“. De düörpsken Hiëgenschütten luerden ümmer un üöweral un konnen sik met de nie Laoge nich of slächt affinnen.

Raodslüde uut Güllefeld, de bi dat Afstemmen för dat Tosammenläggen wassen, wüör nachens dat Gaornhüüsken afbrant of een Strik unner de Düör schuowen. Op graote Plakate an'n Duorpingang kons liäsen: „Keine Willkür bei der kommunalen Neugliederung – Spökenberg muss selbständig bleiben!“

Diskuteert wuorden is auk nao wal, aower de miärsten hadden män dän Indruk, dat dat niks holp. Jaorelang häw sik daonao de Küeri hollen, dat sik vöschaiden enen uut Spökenbiärg wiägen dat Tosammensluten een Strik nuomen häw, wat jä auk de hauge Söwsmuordraote in Spökenbiärg vökläört.

Uut dat daomaolige Amtshuus in Spökenbiärg was nu ne Niäbenstiär wuorden, de buom in'n iärsten Stok siet korten auk nao vöhüert was an'n Spuortstudio, üm de Kossen för dän Unnerholt müëgliks daip to hollen. Daodrüöwer ston äs algemeen vöbindlicke Vüörgawe, dat se met de „Kommunale Neugliederung“ de Gemainden praot maken wollen för nie Tokunftsopgawen. So wied was et nu methän kuëmen. Fröer trocken de Lüde annerthalw Kilometers vüör't Amtshuus uut Haugachtung aal de Klompen uut, un vandage kaas du in de Niäbenstiär Spökenbiärg dien Spil blaos nao afgiëwen, wieldat iärst in Güllefeld daodrüöwer vöhannelt un urdeelt wät.

Käle, Käle, Olt-Büörgermester Große Forstmanns Hermann draide sik in't Graw üm. Uutriäkend Güllefeld, „Hort des Bösen un vul met Lutheraners“, was altied sien Credo! Siëm Biamte un Anstelte wassen Ortsvorsteher Schlattmanns Heini nao bliëwen van dat daomaolige Vöwollungszentrum in ne 50er un 60er Jaore, wu se nao met üöwer siëmtig Lüde wassen, met'n Bauhow vöstait sik. Mien Guod, wat wüör dao daomaols nao aals besluoten, wat satten dao nao gaistige Grötten op't Amt. Wat wüör dao kungelt, aon dat enen wat miäkt häw!

Aower nu, de guëden Tiden wassen engüllig vüörbi. So mannigeen hong sine Gedanken an de olle Tied in't Amtshuus nao, an dän stumpen Linoleumbelag in de Flure un de nao Water ropende Philodendrons, an de Besökerstöle met Saklinnen un de unvöwööstlicken Plastikschriewdiske in Kiwerdekor.

De Vöwollungsgrötten, so äs Amtsbaas Vohrmann van de Stadkasse, wüörn frötidig pensioneert. Vohrmann had jä auk nich de naidige Uutbellung. Nao'n Krieg häbt se aower nich lang frogt, wat he maakt had un so widers. Se bruukden naidig enen, de guëd riäken kon, wieldat de besten jä nao in Gefangenschup satten. Un för Vohrmann spruok, dat he jaorelang de Kasse bi de Ortsgruppe van de NSDAP in Spökenbiärg maakt had. Dat was nu nich jüst schöön to liäsen in sine Papeere, aower et is nich widers opfallen un häw em bi de Befüörderungen auk nich schaad. Män, wochte äs: 1982 häw maol nen Jungsozialist wiägen de Vögangenhait van Kassenbaas Vohrmann ne Anfraoge inreekt. Tweenhalw Jaor läter wüör melt, dat sine Anfraoge nich mäer to finnen was, aower dao was dän jungen Man auk aal wao anners häntrocken. Vohrmann was bi de Kollegen op't Amt gään sain, wieldat he in de sog. „Sofort-Mappen" ümmer de smiärigen Fickelbeller had un op sinen Schriewdisk dän sandfarwenen Askebak met twe rächt graote Fraulübüörste ston.

Auk Dahlhues Heinrich mos dän in Pensione. He had lange Tied dat Säggen op't Ordnungsamt un kam sine Plichten, so guëd he kon, bi Dag un Nacht nao. Akkraot melde he sik ümmer üm 10 Uur bi de Kollegen af: „Ik gao nu nao de Stadwaoge!" Wan he dän üm Uur of elw wier trüg was, frog he, of he socht wuorden was. Miärsttieds dai em nüms missen. Dän sag Dahlhues: „Guëd, dän gao ik nu nao de Stadwaoge." Faken passeerde dat üm twiälw Uur naomaol.

Bi't Ordnungsamt in Spökenbiärg häöerde auk dat düörpske Inwuënermelleamt. Dat was in Spökenbiärg bol ümmer fri togängig, wieldat se daomaols van Datenschutz nao niks häöert hadden. Lüde, de för ne Vösiëkerungsagentuur, een Beraoderbüro, ne Uutkunftai of een Vösandhuus arbaiden dain, konnen üöre Angawen aon graote Fraogeri met de amtlicken Daoten uut de gemaindlicke Inwuënerkartai vögliken. Daoför gaw't dän to Wienachten miärsttieds nen guëden Sluk Cognac of nen Blomenstruuk för dat Wiew van dän Saakbearbaider.

Dat miärste Oproer gaw't aower ümmer bi de twe tostännigen Häerns in't Stüeramt, Stuten Heinrich un Beckmanns August, baide WK II – Deelniëmers un pässig haug uutstaffeert met Nahkampfspange un sülvernen Gefrierfleischorden, siet korten auk in Rente, wieldat se jä baide dän Schwerbeschädigtenuutwies met 70 % hadden. De Gemainden mossen daomaols nen bestemten Andeel Kriegsvöseerte instellen. Egaol, of de üöwer üör Wiärks Bescheed wussen of nich.

So satten Stute und Beckmann op't Stüeramt, twe Manslü, twe Been- un twe Vulprothesen. Dat se baide auk nao halwdauw wassen wiägen de Striepschüëte, de se in'n Krieg afkriëgen hadden, mok dat hele Spil nich eenfacker. De Äerlikkait halwer mos aower saggen, dat de twe vödammig vul anners to daon hadden un vöschaiden Maol üöre Arbaid nich naokuëmen konnen. Stute had – privaat vöstait sik – nao ne guëd laupende Vösiëkerungsagentuur un auk ne Annaomestiär för so'n Vösandhuus, Beckmann was Geschäftsföerer van Teutonia Spökenbiärg, Schiedsman in Spökenbiärg un Vötruensman van de Kreisverseertengruppe. Düsse Saken göngen vüör, dao mos de normale Arbaid män wochten.

Unner de Wiärk funs du mäer Vösiëkerungspolicen, Waorenpakätte un Spiëleruutwise op de Schriewdiske äs Stüerkaten un Vöanlaogungsbescheede. Vöschaiden Maol lag auk nao van't Fröstük ne Porsjaun halwen Kop met Sipeln daotüsken. De Stifte of Uuttobellenen wüörn fridags to't Inkopen schikt, wieldat Stute Eenspänner was un Beckmanns Blagen aal uut't Huus wassen. Dat häöerde sik an't Tellefoon halwwägs so an: „3/4 Pund Hak, 200 g Bloodwuorst, 2 graote Kotlets un een draiveerdel Pund Swinekopsülte!" Ussen Jungen hölt dat glieks af. Wel „ussen Jungen" was, kaas di jä denken.

Künnigte sik alle veer Jaore de Gemaindepröwung van't Landraodsamt an, dän kons drup wedden, dat Stute ses Wiärken op

Vakans göng un Beckmann aal in ne Kuur sat. De miärste Naud hadden de baiden aower ümmer, wan se nao buten mossen to't Afmiäten för Kanaolnutsgebüren of för't Straotenrainmaken.

Met so'n Lauprädken mossen se dän för de Vöanlagung de Huusfront afmiäten, wat met üöre Hinnerung jä nich gaas so eenfak was. An't Enne häbt aower vul Lüde in Spökenbiärg daodüör auk üöre Vüördele hat, wat di so vüörstellen mos: De Stift of Uttobellene had de Huusfront afmiäten un was an End staon bliëwen, äs Stute em fraog: „Wuviël" un de Stift sag: „22,50 m!" „Wuviël", frog Stute naomaol un de Stift kam em op dän sölwigen Wäg met dat Lauprädken wier in de Mööt, wieldat he jä wus, dat Stute nich mäer so guëd häöern kon. „Wuviël?", frog Stute dän dat derde Maol. „16,80 m häb ik nu!", sag de Stift. „Laot guëd sien", sag Stute un schreew 16,80 m in sine Lieste in. „Dat is dat Grundstük van Spiekermann, de is bi mi in'n Kiëgelklub."

De Lokus in't olle Spökenbiärger Amtshuus was mäer ne öffentliche Bedürfnisanstalt äs een üörnlik „Metarbaiderklo". Un so saoch dat dao auk uut. Du wusses ümmer, wan et Fridag was, wieldat du dän op de Reste van Mutterbuoden of Grööntüüg van de dicken Marktwiwer uutrutsket büs, de dao natüürlik auk uut de Buks göngen. Duerde de Prosseduur länger äs ne halwe Stuns, kons drup an, dat et Holters Natz van't Bauamt was, de nao't Büörgermester Stünsken dao wier inslaopen was. Ston dao ne blao-witte Prothese vüör de Düör, dän was et Beckmann van't Stüeramt; de Prothese had he sik daomaols anmaolen laoten, äs Teutonia Spökenbiärg in de 2. Kreisklasse opstiëgen was.

De Büörgermester had in Afspraok met de Spökenbiärger Spuortschütten direktemang achter't Amtshuus ne sachte Schaitanlaoge bauen laoten. Jeed Jaor Midde November sint vüör dat Inbrängen van dän gemaindlicken Huusholt de Plaonstiärn un Befüörderungen van alle Metarbaiders uutschuoten wuorden. Persöönlicke Kwalifikasjonen, Pröwungen, Geschik un Talent wassen daobi minner frogt äs ne rüige Hand, wieldat liggend un staond op dän laupenden Swinebäer schuoten wäern mos. Dao kons Piëk häbben, häs slächt schuoten un sat's dän jaorelang in de sölwige Geholtsgruppe fast of büs nich befüördert wuorden.

Geschichtlik is nich siëker, dat se op't Spökenbiärger Amtshuus auk de Gliedtied ruutfunnen häbt, de jä vandage bol üöweral söwsvöständlik is. Fridags Naomeddags kam in de Poststiär aals wat bedüdend was, of tominsten nao wat wäern wol, bi de Gemainde bineen. Dao göng dat dän met Beer un Klaoren miärsttieds haug hiär, mankst auk bes in'n Aomd, äs de Häerns dän nich mäer laupen konnen un nao Huus hän gliëden sint. So was dat in Spökenbiärg op't Amt. Dat wus auk jerrereen, aower nüms röggede sik op.

Liäwen un liäwen laoten hädde et bes, jau bes dat de haugen Häerns uut de Lanneshauptstad tosammentimmern wollen, wat sil liäwe Dage nich tosammen päs – Spökenbiärg un Güllefeld.

EINWOHNERSTATISTIK
Antrags-
beschleuniger
Gemeindeverfügung

08 | De Lieste

Berkings Franz, van sien Teken Präsident Van'n Kiëgelklub „Pumpwiärk" un Kassenföerer in'n Vüörstand van de St. Sebastianus Schüttengille sat kridewit op de Beddekant un japkede kuortäömig nao Lucht. Aower auk bi Lecht bekiëken kon he so rächteforten nich begripen, wat dao gisten Aomd bi't Kiëgeln afmaakt wuorden was.

„Guëd", sinneerde Berkings Franz för sik, „dat sinen Kiëgelklub nu nao ses Jaore enliks wier üm dän Küëning metschaiten wol, was wunnerbaor. Dao hadden se nu lang noog op spaort. Howstaod un dat Geldlicke van dat hele Spittktakel wassen jüst so mäerhaitlik düörgaon äs de Kannidaotenrige van de Kiëgelbröers. Afsunnerlik was blaos, dat Dahlhues Natz un Brockmanns Heinz, de sik siet de düüstere Grundstüksfraoge an'n Witten Kamp eengslik aal siet Jaore nich mäer ruken konnen, an'n End van de Vösammelung in früëmde Enigkait iärstmaolig ne Küëniginnenlieste prässenteert hadden."

Dat was jä in 100 Jaore nao nich passeert un Franz was daomet auk üöwerhaups nich invöstaon. De Lieste kümp wäg, had he de baiden aal an't Tellefoon sägt. „Du kaas jä ne Küënigin nich blaos nao üören Geldbüül uutsöken!", was he an't Schafutken. Bi al sien Vöständnis för ne rike Kannidaotin: Küënigin van St. Sebastianus Spökenbiärg häw nu jä wal een biëtken mäer to bedüden äs blaos met Geld guëd daotostaon un prik uuttosain. „Du büs jä met so ne Regentin dat hele Jaor unnerwäggens, mos dansen, drinken un met Lüde küern küënen", dacht sik Franz un wider: „Ne geldlik guëd uutstaffeerte un junge Küënigin is för de Gille förwis van Belang, aower et dänt di jä niks, wan dat Frommensk niks läert häw, nich reprässenteern kan of villicht nao een Malöörken üm de Been laupen häw." Met allen Respekt, dat Gesamtpakät mot jä stemmen! „De Lieste kümp wäg!", sag he sik, „sowat was met em nich to maken."

Wier un wier had sik Franz de Lieste ankiëken, alleen bi de Vüörstellung, dat Oskamps Lissy, de iärste op de däösige Lieste, Küënigin wüör, slöt em de Sweet aal uut. Jau wul, Lissy häw guëd iärwt van üören Hubert un villicht was dat hele Schüttenbeer daodüör auk aal betaalt, aower Lissy is jä garkien rächt Frommensk un iärst rächt kine Küënigin. De bölkt jä dän helen Dag in't Huus harüm äs nen asthmatischen Bullterrier. Dat kaas jä nich anbaiden, Kääls! De Lüde wünnert sik jä so of so, dat üören Hubert dat so lang met üör uuthollen häw, wao se jä ümmer aal so eenfak in'n Kop was.

Nä, nä – un auk Gabi, dat lütte Fösken, dat se äs Kind ümmer in'n Riängen schuowen häbt, üm to kiken, of se villicht enliks nao anfong üörnlik to wassen. „Kümp nich in Fraog, so lang ik Präsident sin", sag sik Berking, „auk wan dao Geld is un se bi Bernsmanns jüst iärst met dat Ümwanneln van üör Ackerland in Bauland nen rächt graoten Raibach maakt hadden. Üöwerhaups wol Gabi jä üör Liäwedag niks van Schüttenbeer wiëten, ofschoonst se fröer tüskenmensklik jä ümmer guëd unnerwäggens was. Se un üören Kääl sint aower anlest uutneenlaupen, un wat so häöers, wilt se wal de Schedung inreken."„Aoch jau", sag Berking sik, „dat passeert anner Lüde jä auk wal, blaos in't Duorp gaw't nao wal nen Haupen Lüde, de maint, met Gabi tosammen to sien, dat was förwis kine öffentliche Uutteeknung." „Nä", mände Franz, „dat döt de Gille nich guëd." Un he göng de Lieste wider düör. Brinkmanns Ilse op de Lieste to sätten is rächteforten jä auk wal nen waoren Wits. Dat is jä wal de, de daomaols met de Unnerlip in de Busdüör hangen bliëwen is, äs se nao in'n Kinnergaorn göng, of nich? Wu kan enen so'n Frommensk op de Lieste sätten, auk wan sik dat in de Tüskentied förwis vöwassen häw? Nich alleen wiägen Ilse, aower de hele Sippe van Brinkmanns is jä laiger äs een Sak Calvinisten uut Holland. Dao mot dat jä in't Huus so smiärig sien, dat du denken kons, de sint alle in ne SPD." Un in Richtung Dahlhues Natz un Brockmanns Heinz mände he: „Dao stemt jä dän de Buodschup nich, Kääls, auk wan dao in't Huus ümmer Geld was, aower nüms wus, wao et wägkam!"

Fiew pricke Wichter un dän nao dän schewen Jungen uut de twedde Hiraod, de se iärst garnich anmelt häbt, wieldat se afwochten wollen, wat uut dän Jungen üöwerhaups wüör. Un dän lustert bi Brinkmanns auk nao aals op Mamma Guste, de häw et to säggen, auk wan se faken nao bes meddags blaos in ne Unnerbüks an'n Küëkendisk sat, aower ne Stuns läter Kummioon uutdeelt in't Ollenhuus. Wat Lüde näömt dat „Multi-Tasking", aower Franz mände, dat so wat jä patu nich bi St. Sebastianus pos „Kümp nich in Fraog!"

„Horstkötters Christa – o mien Guod", sag sik Berking, „dao laot us män iärst garnich van anfangen. Dat se sik de Büörste häw maken laoten, vötält se sik intüsken aal in'n Kinnergaorn, un dat hele Duorp weet jä, dat se van üören Heinz jerre Wiärk lang wat an'n Hals krig. Nao vüör kuorten häb de Lüde dacht, of se villicht ne Hormonstörung had wiägen de blaoen Schaddens unner't Kin, aower dat häw sik dän jä gau opkläört, wieldat üören Heinz wier een paormaol tolangt had. Methän – reprässenteern met Christa, dat kaas du förwis vögiäten. Un dat Heinz een biëtken Bi is, hölt sik auk aal ne hele Tied in't Duorp. Bi so wat mos guëd oppassen, dat söcke Swinerien sik in de Schüttengille nich fast sät. Dat krigs män süs nich wier druut, auk wan de, wat dat Geld anlangt, nao so guëd opstellt sint.

Un dän auk nao de swatte Hannelore, sine Naoberske! „Guëd", sag sik Berking, „Hannelore is een patent Frommensk, süüt guëd uut, kan guëd met Lüde ümgaon un dansen, häw sik aower iärst vüör kuorte Tied van üören Gerd scheden laoten. Dat is jä nao aals vul to frisk, de kan jä nao garnich wier üörnlik fiern nao dat hele Malöör." Is jä iärst 14 Dage hän, dat se bi em vüör'n Schoppen ston to hülen äs so nen Sluotrüen. „Franz", had se daomaols sägt, „Franz, ik weet nich wider, ik kan nich mäer met Gerd tosammen liäwen! Sät du em de Bude in Brand of briäk em de Bene; ik wil nich mäer un ik kan nich mäer, dao trek ik laiwer bi di in!" Un dän häw Franz dagelang op üör inküert, dat se dat jä wal vögiäten kon, auk wan de baiden vüör Jaore bi't Schüttenbeer düftig Spaos hadden. „Schüttenbeer is ümmer nao Schüttenbeer", mos he dän an't Enne rächt düüdlik wäern. Un dän häw he üör nao ächterhiär ropen: „Hannelore, wan jeed Frommensk, dat op usse Schüttenbeer in Spökenbiärg achter't Telt üöwer't Waidenhek liägen häw, sik forts scheden laoten wil un nen Möbelwagen bestelt, dän kons du jä vüör Möbelwagens in Spökenbiärg garnich mäer üöwer de Straot kuëmen. Un daorüm: „Hannelore, slao di dat uut'n Kop!", had Berking daomaols probeert, een End an dat Drama to krigen. Un to Dahlhues un Brockmann mände he grantig: „Jungens, van de annern Fraulü op de Lieste wil ik iärst garnich anfangen – de Lieste kümp wäg!"

09 | „... UNNERWÄGGENS MET ’NEN HILLIGEN MAN ...!“

De dicken Walnüëte rulden üöwer de Straot, de Nikolausstaw was düörbruoken un de Blagen spiëlden Footbal met de Hillige Bischupsmüsse. Mien Guod, wat was dao män blaos passeert? Et is jä aals so gau gaon!

Guëd, et was Anfang Desember, aower so rächteforten fruorn had et rund üm Spökenbiärg nao nich. Un dän nu so wat! Piärd un Sliëden had he an’n Kreisvökäer afstelt, is dän aower met de swatten Liäderstiëwels so fies uutrutsket, dat he guëd un wal fiew Meters üöwer de spaigelglatte Straot schuoten was. Dao lag he nu mesnat in sien fien Ornat, ussen Nikolaus! O Häer usse Huus – rundüm vöäöst met Schiet un Smiär. „Had ik män blaos nen Ruprecht metnuomen“, sinneerde he nao, „dän kam ik nu wier wat biäter op de Bene.“

Vüör un achter em had sik aal nen Stau bilt. Bremsen krieskeden, hier un dao kliäterde et auk aal! Dän Iärsten gnadderde blaos: „Wat sal dat dan – in dien Oller aoms alleen op Straot? Sai to, dat du nao Huus küms, olle Schaop!“ So ne olle Hippe in’n Cabrio draide in’t Vüörbiföern dat Fenster runner un sag: „Kiek äs an, is aal wier Fastaomd?“ Äer dat he sien hele Spil tosammen socht had, kreeg he nao ächterneen to häöern: „Olle Arschlok!“ „So löps män nich op Straot harüm!“, „Dat is jä vökäersgefäörlik!“ un auk „Kaup di laiwer nen Blinnenrüen!“

An sik mos he nao tofriär sien, dat nich mäer passeert was, afsain van de paor blaoe Pläcken an Arm un Been. Un dat aals, wieldat se sik van’n Kiëgelklub „De blaoen Dragoners“ för de naigste Kiëgelfaort wat Schaskemoos vödainen wollen. Kraomers Hermann had dän Infal un em glieks auk aal de iärste Adres metgiëwen, wao he hän mos: Dr. Winterbach-Wäg 7 bi Kösters.

Nu wus jä jerrereen in Spökenbiärg, dat dän Dr. Winterbach-Wäg uut fiew Bloks beston un nich de beste Adres was: Sassen, Russlanddüütske, Hollänners un aal so’n Volk. Aower dao mos he äs Nikolaus nu män düör, auk wan he sik bi dän Stuort baide Ellentips opschlaon had. Nao in’n Optog trocken em so’n paor halwbakte junge Wichter an sinen langen witten Baod un froggen em, of he in sien Öller nao wal kon!

„Kösters? 4. Stok, rächterhand ächten!", gilperde em so'n olt Frommensk to – dat ensigste Mensk, dat dän Nikolaus in ne lesten twe Stunnen so'n biëtken Haugachtung buoden had.

Kösters Hubert un sinen 13-jäörigen Opschötling Jean-Jacques satten vüör de Fliëmerkist, äs de Nikolaus pingelde. Moder Kösters Hannelore bragde dän Hilligen Man in dän Wuënstuom un had de Träönen in ne Aigen. „Kiekt äs", raip se un was hän un wäg. „Dao is he, de Hillige Man, vandage is jä Nikolaus!" „Jau Häer Guod nu an to – mot de dan jüst vandage kuëmen?", nüëtelde dän Ollen. „Aoch", sag sien Wiew – „nu häöer män op, de häbt jä düsse Dage noog to doon un wan he Paosken kümp, is di et jä auk nich topasse. Si män tofriär, dat he üöwerhaups kuëmen is!"

Pappa Hubert löt sik tüskentieds Beer un nen Klaoren brängen un wiest op Jean-Jacques: „Dao häs et, du olle Wuordelschaop – wan du di ümmer arig vöhollen hasses, hadden wi garkinen Nikolaus bruukt un wi konnen nu in Ru un Friäden wider in de Fliëmerkist kiken." „Jau, aower nu is he nu maol dao!", sag Moder Hannelore un bot dän Hilligen Man nen Stool an.

In de Fliëmerkist laip äs maol wier „Vier Fäuste für ein Hallelujah" un et wüör fastewäg schuoten. „Jau, sin ik hier rächt?", frog dän Nikolaus, „Ik söök Kösters Jean-Jacques?" „Jau, wissewul!", sag Moder Hannelore, „sät ju äs iäm daal, Hilligen Man!"

„Wat? Nikolaus?", bliëkde Jean-Jacques dän Hilgen Man an: „Mien Guod, büs du ümmer nao unnerwäggens? Wu olt büs du eengslik in de Tüskentied? Förwis aal üöwer dusend Jaore? Kens du üöwerhaups nao enen Mensk op de Äer? Dine Kumpels Luthers Martin, Kaiser Wilhelm un Goebbels Joseph sint jä aal lange daud, of nich?" Daoför kreeg dän Jungen van Mamma Hannelore forts een paor ächter de Liäpels! „Nu do enliks dat olle Kaugummi uut'n Bek, Jean-Jacques – dat is jä grülik to bekiken", sat Moder Hannelore nao een buom drup!

„So, un du büs dän Kösters Jean-Jacques?", fong de Hillige Man an. „Jau", sag dän Jungen, „waorüm?" „Kääl, wat büs du graot wuorden – büs du dan auk ümmer schöön arig wäst?", frog de Nikolaus. „Nä, waorüm auk?", sag Jean-Jacques un he protesteerde harre, äs Moder Hannelore dän Hilligen Man säggen wol, dat dän Jungen auk äkstrao för em een Nikolausriemsel uutwännig läert had. „Nu dän“, sag de Hillige Man, „dän täl mi maol äs drai graute düütske Persöönlikkaiten op, de met „B“ anfangt!“ „Aoch“, sag dän Opschöttling un hol nen Augenslag in: „Beckenbauer, Boateng, Bierhoff!“, sag he dän, aon lang to üöwerläggen. Een biëtken vöwünnert frog ussen Nikolaus trüg, of he dan nao niks van Bach, Beethoven of Brahms häöert had?“ „Dat wal“, sag Jean-Jacques, „aower de Uuthölpspiëlers intresseert mi nich so!“

Pappa Hubert had sik in de Tüskentied de Fliëmerkist wat luter drait, un nu is auk üöweral guëd to häöern: „Komm raus du altes Miststück, dir wird das Lachen schon noch vergehen, Mendoza. Wir werden dich und deine Bande ausräuchern!“ Alle sint nu an’t Fliëmerkistkiken, auk de Nikolaus, un de Spannung was direktemang to fölen. Mamma Hannelore nam sik nao ne Hand vul Chips un Pappa Hubert mok sik ne Sigar an. De Tied vögöng!

„Jä, ik wüör jä gään nao bliëwen, aower et wochtet jä auk nao anner Kinner op dän Hilligen Man!“, sag de Nikolaus nao ne Veerdelstuns, „auk wan et bi ju so rächt gemöötlik is!“ „Nu enliks“, – sag Vader Hubert, „dän do di wat hän!“, aon dat he van de Fliëmerkist aflait. „Bes naigste Maol!“, sag auk Moder Hannelore un: „I doot wisse wal alleen druutfinnen, of nich?“

De Hillige Man druksde nao’n biëtken harüm, äs Kösters Hubert em frog: „Jä, wat is, is nao wat, du wosses jä gaon?“ „Jau“, sag de Nikolaus, „wi müët dat Geldlicke män nao klaormaken.“ „Jau, wissewul“, sag Moder Hannelore, „dat had ik jä bol vögiäten! Wat wil i dan daoför häbben?“ „50,00 Euroos, Faortkossen insluoten“, sag de Hillige Man! „Aoch, kiek an, dat wal! Aower för so vul Geld has auk wal nen Ruprecht metbrängen kont!“, stüënede Moder Hannelore. „Nä“, sag dän Nikolaus, „van nen Ruprecht gaot se mäer un mäer af – uut pädagoogske Grünne! Daoför kaas du aower uut märe Spraoken uutsöken un nen Nikolaus bestellen, de auk Finsk of Katalaansk spriäken kan.“

De Nikolaus kwitteerde dän Bedrag un sag bi’t Wäggaon: „Jä, dän Guëdgaon! – Un to Jean-Jacques: „Nich vögiäten, ümmer schöön arig bliwen, dän kuëm ik auk wier.“ „Aoch“, sag dän Jungen, „dat ielt nich, du brängs jä so of so niks met!“

De Hillige Man is nao nich düör de Düör haruut, dao krakailt Kösters Vader los: „Wat häw de Spaos kost? 50,00 Euroos? Dat is jä unvöschiämt. För so vul Geld krigs du jä twe of drai Nikoläuse dao unnen uut Asylantenheem. Nä, dat naigste Jaor niëmt wi us een van ne Kiärk, de sint nao billiger un auk üöwertügender."

Vüör de graote Ingangsdüör unnen was van dän witten Sliëden met dän stolten Schiëmel niks mäer to sain. Nen graoten Haupen Piärdeappeln dampede eensam vüör sik hän.

„Klik", mok dat op een Maol un äer äs dat he sik ümdraiede, had Wachtmester Terdues Heinz em aal de Handschellen anlägt. He wüör üöwer sine Rächte opkläört un iärst äs fastnuomen: „Erregung öffentlichen Ärgernisses und Unfallverursacher in Tateinheit mit Unfallflucht!", sag Terdues Heinz in sien beste Amtsdüütsk un dän nao „Frohes Fest, Heiliger Mann!"

(fri un deels nao een Vötälsel van Polts Gerhard)

10 | De leste Gang

Wel kande se nich? Besmoder Buddendiek; de guëde Siäl van Spökenbiärg: guodsfürchtig, plaseerlik un nümmer üm nen flotten Sprüëk völiägen? Nu is Buddendieks Besmoder met üöre 93 Jaor bi't Prumenplücken uut'n Boom fallen, direktemang op'n Jagertuun: daud, an'n End dat Spil. Nu dän, schööн was dat förwis nich, auk wan in Spökenbiärg to häöern was, dat met so wat riäken mos, wan du 93 büs. Rundüm Spökenbiärg aower froggen sik de Lüde apat wul, wat een Frommensk in dat Oller in nen Prumenboom to söken had.

Vandage is de Begriäwt, un dat hele Duorp is op de Bene. Buddendieks Besmoder vüörne wäg gait et düör dat hele Duorp, dat auk jerrereen sain kan, wat passeert is. Hier, in enen van de ächtersten Höke van't Mönsterland is dat so Bruuk, hier wät dat so maakt. Aals, wat twe Bene häw, mäk sik op'n Pat, ümmer ächter Besmoder an. Mäer un mäer Lüde sluut sik de Selschup an. Nao de Ofseers van'n Schüttenvöain St. Sebastianus kuëmt Familge un Sipschup, dän de Hemaotvöain, de Kiëgelsüsters, de Dubbelkoprunne, de Kiärkenkoor van St. Rebecca un anlest de Fraulü van de Altkleiderspende. Buddendieks Besmoder kande iäm jerrereen, un so pätket Jung un Olt auk met.

„Wel is dan bi ju stuowen?", röp Stübings Else uut üören Lotto-Toto-Laden. „Besmoder is daud", roopt üör de Jüngsten uut de Sippe to. „Wocht, ik sluut iäm af, is so of so niks los vandage!" un forts häbt wi nen nien Gast. De krieg auk glieks nen „Korten" uut de graote Wacholder-Pul. So rächt bedröppelt is aower nüms, met 93 is et auk guëd wäst, maint de Miärsten. Tüskendüör häöers, dat ne Else al wier Water in de Bene häw un een anner Frommensk naigste Wiärk in de Provinzialhauptstadt Münster ne nie künstlicke Hüfte krigen sal. Un dat se förwis de Naigste is, de düör dat Duorp druogen wät. Dat niëmt üör aower nüms af un alle lacht! De Kiëgelsüster van Buddendieks Besmoder häw et üöwer ne Tanja, de leste Wiärk Drillinge in ne swaore Gebuort op de Wiält bragt had, un üören Suuplap van Kääl to glike Tied in'n „Dorfkrug" siäten un sik de Liäwer kapot suopen häw. Nen

Augenslag lang lacht nüms mäer, aower dän wät wider vötält un swadroneert.

Op'n Lidl-Parkplas giw't een kort Päösken, wieldat de een of annere nao wat inkopen mot. Buddendieks Besmoder wät in de Tüskentied in ne Parklücke afsät.

Daonao gait et dän aower aon graute Ümwiäge wider, un in Tied van niks stait de Selschup för Besmoder Buddendieks nie Domizil, methän för dat akkraot uutbuddelte Lok op'n Kiärkhow. De Häer Pastoor fäng met sine offizielle Zeremonie an un löt de Truergemainde dän wiëten, dat Buddendieks Besmoder in'n Krieg nen helen Haupen Joden bi sik vöstopt had. „Aon Besmoder Buddendiek was dat förwis anners laupen!“, sag he, waodrup een Frommensk uut de Dubbelkoprunne mänt, dat se sik dat auk wal guëd häw betalen laoten. So was Buddendieks Besmoder; de wus ümmer, wao nao wat vödainen kons. Daonao vötält de Blagen, dat Besmoder hat, aower auk gerächt was un de Kinneskinner driägt een Riemsel vüör. De Ofseers van'n Schüttenvöain singt: „Ich schieß den Hirsch im freien Forst, im tiefen Wald das Reh!“ un auk „Es gibt kein Bier auf Hawaii!“ De Wacholderpul gait wier rüm. Düüdlik is to vöniëmen, dat Lastrups Sefi rächteforten hellig is, wieldat üören Thermo-Mix waorschienlik in ne Wicken un de Garanti aal aflopen is. Anners wät de Stimmung ümmer biäter, auk wan Beskamps Stina beduert, dat üöre Dubbelkoprunne nu dän „veerten Man“ schiält, un se nu förwis nich mäer wider maken küënt. Blaos de Kiärkenkoor trekt ne Fläppe, wieldat se iärst heel an'n End dran kuëmt.

Dän gait et mäer slächt äs rächt afwääds met Buddendieks Besmoder. De Ööms van Buddendieks Siet un de Naobers laot Besmoder nu sacht runner. De Miärsten häbt aal enen to viël had un küënt nich vöhinnern, dat Buddendieks Besmoder dän lesten Meter „im freien Fall“ niëmen mot, aower dat Holt van dän westfäölsken Ekenboom hölt.

De jüngste Dochter van Buddendieks Besmoder nimp üören Suon an de Siet, dat he patu rächt togripen sal, wan et later in Besmoders Huus üm't Vödelen gait. „Nich, dat wi daonao wier met lirige Handen staot äs bi Besvaders Daud vüör'n paor Jaore.”

Äer äs dat et to't „Felvösupen" nao'n Dorfkrug gait, smiet de Kinneskinner nao ne Schüp Äer, nen Bund Paoskeblomen un een paor Püllekes „Kleiner Feigling" in't Graw. Besmoders Ölsten, Buddendieks Hermann, häw dän grauten Saol in'n Dorfkrug bestelt un wiest alle Gäst met de Wacholderpul in de Hand üören Plas an. De naigsten Stunnen wät hat fiert. Wel op'n Kiärkhow nich daobi was, is apat nu daobi. Koffi, Koken un Snaps maakt de Runne. Dat een of anner Dänsken wät op't Parket lägt un Pastoor Holtmann häw nao'n paor pikante Beliäwnisse uut Besmoders Liäwen to vötällen. So gait dat nao'n Tiedken met viël Plaseer.

Dän aower wät et unvösaiens hibbelig. Kinner un Kinneskinner maakt sik praot: Et gait üm't Iärwen. „Rudolf", röp de jüngste Dochter van Buddendieks Besmoder, „to, nu maol een biëtken gauer! Wi wilt nich aal wier de Lesten sien, för de dän niks mäer dao is." In'n Draw mäk sik de hele Sippe op'n Wäg nao Besmoder Buddendieks Huus. „Wel de Iärste is, krig auk dat Miärste!", is dat Motto. Kortäömig flaigt Kinner un Kinneskinner in Besmoders Huus düör alle Stüöms. Et gait drunner un drüöwer. De jüngste Dochter häw et wal op dat Porslainservice afsain, ne anner Dochter tält aal dat Taofelsülwer af. Buddendieks Hermann päk de graute Biedermeier-Standklok direktemang in'n Kufferruum van sinen Benz, de he vüör de Düör parkt häw. Tied is Geld! Aals löp düörneen un dat hele Spittakel gait natüürlik nich aon Schupperi af, Iärwen is anlest iäm kinen Kinnergebuortsdag! Dat was waorhaftig nich schöön antokiken, aower so is dat nu maol op't Land. An'n End sint sik alle eens: „Besmoder häw et so wolt!"

(fri nao een Vötälsel van Webers Andreas)

11 | Kiärmes is blaos eenmaol in't Jaor

Mannigmaol frögs di wal, wel bi usse Kreisblädken düsse haugniërsigen Schriwerlinge un Smiärfinken üöwerhaups op de Fingers kik. Häs du dat gisten liäsen, wat de dao wier afliëwert häbt? Häs nich? Nu dän, mäk auk niks, is so of so aals nich waor. Ik main, ik was jä daobi, ik häb jä sain, wat passeert is.

„Bösartiger Angriff auf internationale Physik-Koryphäe", ston dao in graote Bukstabben un dän nao dao drunner: „Wie sicher sind ausländische Gäste auf der Spökenberger Kirmes?" Jau, sowat küënt sik auk blaos Lüde uutdenken, de Spökenbiärg nich kent. Dat is jä aals nich waor, dat stemt jä vüörn un achten nich! Ik kan et jä gään vötällen, wieldat ik jä daobi was!

Hoffschulten Clemens, minen Frönd siet dat ik denken kan un ensigsten Anstriker bi us in't Duorp, wol met us op sinen Gebuortsdag äs maol wier anstännig Kiärmes fiern in Spökenbiärg. So drap sik de hele Trop tiëgen siëm Uur aoms an'n Ingang van de Kiärmeswaide. Wi hadden vüörhiär afspruoken, de Fraulü nich mettoniëmen, wieldat wi jä Plaseer häbben wollen. Bi'n „Drügen Püt" gaw et dän iärst äs ne Laoge Pils un laot mi nich laigen förwis auk een Stük of siëm of acht van dän sachten Doppelwacholder. De Grundsteen was lägt wuorden.

Un äer dat et in dat graote Kiärmestelt göng, wol Hoffschulten Clemens nao met us in de Spöökbaan. Waorüm nich, saggen wi us, auk wan bi de miärsten Kääls de leste Spöökbaanbesöök förwis 30 Jaore hän was. Met so'n audomaatske Käörken göng et los. Clemens söws was heel rappelig, äs dan dän iärsten Spook met ne grülicke Visage üm'n Hook kam un dicht daonao dän twedden. So passeerte dat nao'n paor Maol, bes Clemens op een Maol een olt Stoolbeen unner sien Jak wäg trok – so'n Kaliwer kan ik di säggen – un dän naigsten Spook met vul Plaseer dat Stoolbeen in de Visage wämsen dai.

Ik säg nao: „Clemens, büs du nich gued wies, wat mäks du dao – mags du kine Spöke?" „Nä", sag he, „üm't Vörecken nich, de hau ik alle wäg!!!" Un ik säg di: „Ik ken Clemens lang noog, de schüüt vüör niks trüg." Dän naigsten Dino-Spook timmerde he van buom op dän Kop un aals wat dän nao kam, kreeg dat sölwige af. Mien Guod, dat mos di auk maol beldhaftig vüörstellen: de helen Figuren wassen jä uut Gips of Pappmaschee un in de Spöökbaan kons du vüör Stow un Damp bol niks mäer sain.

Ik häb Clemens nao frogt, waorüm he dan patu met us in de Spöökbaan wol, wan he jä män aals kapot hauen dai. „Häs jä wal sain, of nich," sag he, „To't Wämsen!" Jau, so kent wi ussen Clemens, Plaseer was ümmer dat Grötste in sien Liäwen.

Nao de naigsten Laogen Pils un Snaps sag Clemens: „So, nu laot us maol so wanners in dat graote Kiärmestelt gaon!" De Spökenbiärger Füerwiärkapel spiëlde aal net äs opdrait aal de graoten Hits van Rex Gildo, Heino un Helene Fischer. Stimmung un Lune wassen rächteforten op'n Högtepunkt, et was aower bi'n besten Willen kien Plas mäer to krigen.

„Aals vul!", bölkede Clemens, de sik nao guëd op de Tiden besinnen kon, äs hier blaos Spökenbiärgers satten. „Dat kümp bi de nie Tourismus-Strategie „Spökenberg ist für alle da!" haruut. Nich äs enen Plas mäer vüör de Spökenbiärgers!"

„Kiek di dat an", sag Clemens, „proppenvul dat Telt met unkunnige Lüde, so ne Schite auk, blaos Uutlänners, so äs Rienlänners, Hollänners un wat süs nao för'n Volk dao to't Supen sit. Dao küms jä wal nich ümto to fraogen, of de Lüde niks anners mäer in üören Kop häbt äs Beer- un Snapssupen."

Wi wollen jüst wier wäg nao'n „Drügen Püt", dao saoch Clemens nao enen Disk met twe frie Bänke in ne Naigte van'n Küëkeningang. Dat hät, heel fri wassen Disk un Bänke nu eengslik auk nich, dao satten nao twe smächtrige früemdländsk uutsainde Lüde, de för usse Clemens stantepe Slitaigen wassen. He frog dän auk fröndlik – un ik ken Clemens, et was förwis fröndlik – met so'n Afstand tüsken baide Köppe van minner äs 15 cm: „Nu luster maol guëd to, du slitaigig Käälken, du mäns jä förwis auk, dat hier wat fri is, of?" Dat Käälken mok dän Indruk, dat he kien Platdüütsk vöston un sik auk bedrüüd fol.

„Nein!", sag he dän, waodrup Hoffschulten Clemens heel respektvul een biëtken düüdlicker wüör: „Damit wir uns richtig verstehen, mein Freund, wir suchen für mich und meine sechs Freunde von der Spökenberger Metzgerinnung hier Platz, und zwar nur hier!“ Un wat sal ik säggen: et duerde kine tien Sekunnen un wi konnen sitten gaon.

Scheew tiëgenüöwer sat ne Gruppe uut de fröere SBZ – Sowjetisch Besetzte Zone – wat Clemens an dän Tungenslag faststellen kon, de he jä nu patu nich mog. Op Plat bölkede he in’n halwdicken Kop: „Olle fule Pak, gaot laiwer arbaiden, 40 Jaore häbt i blaos van’n Staot liäwt, un nu kuëmt i hier hän un friät us dän „Strammen Max“ un al dat anner läcker Spil wäg.“ Ussen Disk lachde sik bol daud, besunners, wieldat de Kääls kien Plat vöstonnen. Aower de hadden auk würklik kinen Humoor, dän häbt se üör daomaols in de DDR wal uutdriëwen. Een Waod gaw dat annere un enen van de DDRlers, so’n Fösken, wol sik Clemens gripen, wus aower nich, dat Clemens dat Stoolbeen uut de Spöökbaan nao ümmer bi sik had. Nao akkraot 45 Sekunnen was dat Kiern an’n End.

In de Tüskentied gaw et düörgaons Beer, Strammen Max un auk Iärftensup, de aower nich enen mäer bi düsse Haugstimmung anständig iäten kon. Dat Spil flog de hele Tied üöwer haug un dän wier runner op dän Grund. Dat Slitaigen-Käälken un sien Kumpel satten op so’n lüt Hööksken van de Bank, vöschaiden Maol follen se unner’n Disk, wan Clemens un wi op de Bänke stonnen.

Widers opfallen sint de baiden eengslik nich, aower so rächt prik saochen se daonao nu auk nich uut, wan se met Iärftensup un Schinken op’n Kop af un an wier to sain wassen. Unvösaiens trok sik dän nao dat Slitaigen-Käälken an dän Drinkarm van Clemens nao buom, wudüör Clemens natüürlik nich mäer drinken kon. Üëwel, üëwel!!!

Jä, un dän passeerte et, aower van „toslaon“ kaas üöwerhaups nich spriäken, so wat wüör Clemens ni un nümmer doon. He häw jä Familge un is in’n Kiärkenkoor. Clemens häw – un dat wüör ik auk bi Gericht so säggen – de Snapspul blaos licht op dän Kop van dat Slitaigen-Käälken afstelt, aower nu waorhaftig nich toslaon!

Guëd, üm äerlik to sien, he saoch daonao eengslik nich mäer so heel maneerlik uut un fong auk nao an met: „Help, Police!“ So vul Engelsk vöston Clemens dän aower wal nao, dat he em nao achterhiär raip: „Ik sal di wal helpen: Police, Police, hol dinen Bek, anners fängs di nao anstännig wat met ’n Lattenend in.“

I main, ik was jä daobi, ik häb jä aals heel akkraot metkriëgen. Van wiägen „toslaon“, toslaon, dat süüt aower in Spökenbiärg heel anners uut!

Un dän schriw düssen Smiärfink vandage in’t Kreisblädken van nen „bösartigen Angriff auf eine internationale Physik-Koryphäe“ un wider frög he, of Früëmde sik Suorgen maken müët üöwer üöre Siëkerhait op de traditionelle Spökenbiärger Kiärmes.

Guëd, wi sint dän auk wider trocken nao’n „Drügen Püt“, wieldat jä an sik auk niks widers passeert was.

Wat ik mi blaos fraog, is: Wan een Mensk so haugstudeert is un so ne intellektuelle Kapazität is, dän mot he jä auk so vul Vönül häbben, dat he weet, dat met nen Kop, de patu niks uuthölt, nich nao Spökenbiärg op de Kiärmes gaon draws.

(fri nao een Vötalsel van Polts Gerhard)

12 | De Giëwel

För nen gewüënlicken Dingsdagaomd was bi'n Linnenwärt anstännig wat los. De Kääls van'n Spaorklub satten an dän graoten Ekendisk un mocken Kassenstuort. Schwartbecks Jup dai op sinen 45. Gebuortsdag guëd enen uut, un in dän klenen Saol hollen de niëgen nao vöbliëwenen Kriegsvöseerten üöre Generaolvösammelung af.

„18, 20, 2, 0 – wäg!" Böckmanns Heinz, siet iälke Jaore Eenspänner uut Üöwertügung un Baas van dän Spökenbiärger Lösktrop lachede üöwer sine dicke Liäsebril wäg, schauw sinen Raibach van 65 Cents tosammen un lait sine Metspiëlers wiëten, dat he nao wal iäm uut de Büks mos un daonao nao Huus wol.

„Agnieszka – do us nao'n Gedek un dän laot't auk guëd sien, et is al bol halw twiälw.", raip Strothkötter de polske Tresenfakkraft to. „Säg' äs", flisterde Schwartbeck to Strothkötter, „was dat patente Frommensk niks för ussen Böckmanns Heinz?" „Aoch, gao mi män wäg un fang nich wier met daomet an, de Baan is för ussen Heinz jä aal lange wäg; wat sal so'n prik Wicht met so'n ollen Knäppert? Frulü in üör Oller, de wilt jä mäer äs ne raine Vösuorgungshiraod. Un anners: Dat kan so of so niks wäern, wieldat de Agnieszka jä uut Gliwice in Polen kümp, un söcke kriegt bi Böckmanns Mamma nich äs enen Foot in de Düör!" „Aower se is jä barsk katolsk!", mände Strothkötter, kon aower nich wider küern, wieldat Heinz in dän Momang van't Klo trüg kam, sine Joppe antrok, dän halw vullen Diëkel betaalde un sine Füerwiärkumraoden trüg lait.

Eengslik was et äs ümmer. Du wees, wao du aoms dine Brocken hänlägt häs, un dat Du dine Scho ümmer vüör de Trap staon lös. Egaol – auk nao 35 Jaore büs du ümmer nao heel düörneen, wan et dän wier so wied is. Hiëmd un Büks wassen nich to finnen un äer dat he sinen ollen Sweter drüöwer trocken had, fot Schwartbeck aal met sine olle Kreidler vüörbi. „De draw jä auk nao nich wier föern!", sag he sik un miäkede söws, dat dat gisten Aomd män wal nen paor Gedecke to vul wassen. De Klok an'n

Kiärktaon släög halw fiew, un dat hele Duorp was aal rabälsk, wieldat de Sirenen hüülden wat se konnen. Et brande enliks wier un et brande bi Schulte Bollmann! „Dat wät nen langen Dag", sinneerde Böckmanns Heinz, „dat is kien kleen Häädfüer." Schulte Bollmann was näämlik nen Graoten!

Schwartbeck, de dän Sprit van dän Aomd vüörhiär nao uut de Aigen laip, sat met de lange Unnerbüks aal achter't Stüer van dän TLF 16 un probeerte sik in dän Overall to dwingen. Üöweral floggen Stiëwels, Helme un Klamotten düör de Giëgend, un Anwisungen wüörn bölkt, de nüms vöston. Lösktropföerer Böckmanns Heinz kreeg jüst nao de Düör van't iärste Audo to packen, äs et met Blaolecht un Tatü-tata op dän Wäg nao Schulte Bollmann göng. Äs Lösktropföerer in't iärste Audo to sitten, was för em dat Bedüdendste met.

Un Böckmann had rächt: Dat was kien normaal Füer. Düör dicke Raukwulken fotten se op dän How, wao sik aal een waorhaftig Drama afspiëlde. Haupenwies Swine, de – jüst äs wan se et nich guëd hadden – dwiärs üöwer dän How jagden, Piärde, de op twe Bene düör'n Stal göngen un nen halw unwisen Buer Schulte Bollmann, de ümmer wier in dän Stal wol, üm de Kaie druut to halen. „August, bliew dao druut", bölkede Böckmanns Heinz em to, „dat is to gefäörlik!" Aower Schulte Bollmann lait sik niks säggen. He was in graote Suorge üm sinen How. Böckmanns Heinz had de Insatlaoge gau afkläört un sine Befiäle giëwen. De Füerwiärlüde, de naokammen, mossen op'n Afsat wier trüg met de Slaukwagens, üm Water uut de Dollbiëk to pumpen. Dat hädde niks anners, äs hunnerte van Meters Slauk uuttorullen un vul to laupen. Twe Angrieptrops stonnen aal an't Dak van Schulte Bollmanns Vehüser. Se hadden dat Water uut de Dollbiëk würklik naidig, wieldat de paor Litters uut dän Tanklöskwagen aal wäg wassen.

Anner Füerwiärlüde probeerten met Atemschutzgerai dat üöwrige Ve uut de Vehüser to krigen. Dat Hassebassen nam kien End, un Schulte Bollmann was düör'n Wind. Iärst äs dat Water uut de Dollbiëk kam, berüigte sik de Laoge wier nen biëtken.

Forts was auk Wittkamps Hermann bi Lösktropföerer Böckmann to finnen, üm to fraogen, wan he Iäten un Drinken för de

Jungens halen sol; de twiälw Kasten Beer van Schulte Bollmann wassen aal düörgaon.

Heinz had sine Lüde nu op alle Stiärn, un et had dän Anschien, dat se dat Füer so wanners unner Kontrul kregen. Dat Dak was runner, aower dän Giëwel un de Grundmüern stonnen nao. De hele Balken aower sat vul met Hai un Strau un brande äs Tunner. Böckmann had sine Jungens guëd an't Arbaiden; de Suorge, dat sik dat Füer nao drai Stunnen nao wier uutbreden dai, was wäg.

„Böckmann!", raip Schulte Bollmann mäer of minner düüdlik achter dän ollen Schoppen nao dän Lösktropföerer. „Böckmann, de Giëwel!" Nüms tückede sik. „Böckmann, de Giëwel!", sat he naomaols an, aower Böckmanns Heinz dai so, äs wan he niks häöert had. Schulte Bollmann kraip dän van achten üöwer dat möffende Hai un lait Lösktropföerer Böckmann wiëten, dat he naidig met em spriäken wol. Böckmanns Heinz was lang noog daobi, üm to wiëten, wat nu op em to kam.

He gaw nao een paor Befiäle an sine Jungens, göng üm dän Hönerstal un saoch nu dän ollen Schulte Bollmann heel weerig üm dat Aalfat laupen. „Nu enliks, Heinz!", sniärkede he ungedüllig. „Heinz, de Giëwel mot wäg!" „So?", frog Böckmanns Heinz op sine em egene Aort, un äer äs dat he antwaoden kon, sag Schulte Bollmann: „Du wees jüst so guëd äs ik, dat de Vösiëkerung dän Brand blaos dän äs Totaalschaden aksepteert, wan de Giëwel runner is un villicht auk nao ne Grundmüer." „So?", sag Lösktropföerer Böckmann naomaol, „kiek äs an, so is dat vandage?" „Nu do män nich so!", bölkede em Schulte Bollmann an. „Binnen ene Stuns, wan et vulup lecht un klaor is, sal Stuten Heini van de Homberg-Weilheimer Vösiekerung hier op'n How föern un dän Schaden opniëmen. Un wan dat aals so bliw, äs dat nu is, dän Gnaode mi Guod, dän süüt dat för mi vödammig beschiëten uut." „Dao mags du wal rächt häbben!", dai Böckmanns Heinz ümmer nao, äs was he aonwiëten.

Dän aower kreeg dat Küern tüsken de baiden ne annere Richt. „Üöwer wat küert wi dan?", frog Schulte Bollmanns August, un Böckmann hol em entiëgen, dat he jä wust had, dat bi Schulte Bollmann noog Vönül in'n Kop was, üm to begripen, waorüm et eengslik göng! „Maakt wi et äs kuort, Schulte!", sag Böckmann, „Enen Kumraodenaomd met Fraulüde, insluoten Drai-Gänge-Iäten un Mussikkapel bi'n Linnenwärt, an besten Enne April, wieldat in Mai is Schwarthoffs Adolf dran, de vüör ses Wiärken afbrant is. Dän kriegt wi dao auk wat Fatsuun drin för de Jungens."

Schulte Bollmann wüör nu rächt fuchtig un frog Böckmann, of he se nao wal alle bineen had dao buom! „Dat kost mi jä förwis een paor Dusend Euroos." „Jau!", sag Böckmanns Heinz, „so wat had he sik auk aal uutriäkt, aower dat was jä nu nich sien Suorge". So göng dat nao nen paor Minuten wieder, un Böckmanns Heinz mok sik aal wier op'n Pat nao sine Jungens, äs Schulte Bollmann em achterhiär raip: „Aower aon Kapelle!". „Met Kapelle," sag Heinz, „un nu hol dinen Bek! Dat Küern is an'n End!"

„Guëd, dän draw nu auk tosammen fallen, wat tosammen fallen draw!", sag sik Böckmann un kam rächt tofriär achter dat Aalfat wier nao vüörn. Dat, wat nu kam, kaas di jä guëd vüörstellen!

Böckmanns Heinz ston op'n Balken, keek sik de Laoge naomaol an un gaw nu dän Befiäl: „Giebel einreißen wegen besonderer Gefahr!" Dao hadden sine Füerwiärlüde blaos op wochtet. Se wussen jä rächteforten, wat los was, un fackelden nich lang. Nao guëd un wal 20 Minuten lag nich blaos dän Giëwel an'n Grund, nä – se hadden auk nao een graot Stük van de linke Grundmüer wägriëten. Nu saoch dat hele Spil auk rächt fakmänsk uut. Stuten Heini van de Homberg-Weilheimer kon kuëmen.

Dat dai dat Mansmensk auk un strumpelte tiëgen halwwägs tain Uur in witte Stiëwels met nen Brandsaakvöstännigen düör de Brandstiär. De Schaden wüör in beguëdaigt, un met de Polsai, de siet dän fröen Muorn de Tofaort nao dän Schulte Bollmannsken How dichtmaakt had, wüör küert. Et duerde auk nich lang un de hele Manschup sat bi Schulte Bollmann Besmoder in de beste Kamer. De Vödriäge göngen üöwer'n Disk, Koffi wüör reekt, un Schulte Bollmanns Besmoder had gau nao een paor Buoterrams met Spökenbiärger Schinken smiärt, äs dän Schulte Bollmann met dän iärsten Wacholder van'n Dag kam.

Naobers kammen un göngen, de Füerwiärlüde wassen mesnat van Sweet, hadden aower intüsken noog to drinken un iäten. De algemene Lune had biäter nich sien kont, äs nu dän Brandsaakvöstännigen sine Papeere tosammen pok un sik vöafschaiden dai.

Stuten Heini aower ston nao bi Böckmanns Heinz un sag: „Heinz, dao häbt i ju düt Maol jä graute Möe giëwen!" „Wu mäns dat?", frog Heinz. „Lesten Maond bi Schwarthoff was et blaos dän Giëwel un vandage nao een Deel van de Grundmüer buom drup!

„Un Heinz", wat ik nao säggen wol, „dän jungen Füerwiärman, wecken i dao so fien unner de Müer drapeert häbt, küënt i wier druuttrecken, de Saakvöstännige is wäg!" Böckmanns Heinz dö so, äs wan he dat nich vöstaon had, dacht sik aower: „Küer du män wider, wi häbt för düt Jaor jä aals bineen, wat wi häbben wollen: Drai Kumraodenaomde met Fraulü, Mussik un anstännig wat to iäten un de Vögrötterung van't Füerwiärgeraihuus, wieldat et in'n Oktower jä auk bi'n CDU-Ortsvörsitter brant häw."

Un dao laot mi män nüms säggen, dat sik een ärenamtlik Pöstken nich launt!

13 | „… IK HÄB MINE OLLE WIER! …“

Metunner passeert jä auk Saken, wao du denks, dat giw’t jä garnich, kens du jä förwis auk, of nich?

Ik pak dao gisten Naomeddag dat hele Spil van’n Spökenbiärger ALDI in mine Sitentaske, dao stait he vüör mi: Everdings Hubert, Kumpel uut Schooltiden, wecken ik siet mäer äs füwtain Jaore nich mäer sain had. Everdings Hubert, daomaols dän gräötsten Slüngel un Lorbas unner de Sun, ümmer uopen för wat Nies, infabriek, aower äerlik sägt: Dat miärste is in ne Büks gaon. Hubert aower was sine Tied ümmer vüörruut, ümmer dän Kop vul met nie Infiäle, Flitsen un anner unwies Wiärks.

Wi häbt tosammen daomaols aal so’n Start-Up-Unnerniëmen antogmaakt, wao se hier dat Waod nao nich äs uutspriäken konnen. „Tönne“, had he daomaols aal sägt, „Tönne, stuowen wät ümmer, et wät pat ümmer düerer, auk bi de Kiärk, un daovan wilt de Lüde jä auk ümmer wainiger wiëten. Dat kan jä förwis auk anners gaon, hä?“ Un so wüör bi Everdings dän Grundsteen lägt för een ni Unnerniëmen unner dän Naomen „Pietät Speckmann“.

Everdings hadden aal ümmer een graot Häädfüer in üör Küöterhüüsken, wat aower so rächteforten garnich bruukt wüör. Viël Geld mossen wi daomaols methän nich rinstoppen, wieldat jä aals dao was. Un dän göng et los. Junge, Junge, ik häb vandage nao de iärsten Wiäwesiëdelkes vüör Aigen: „Pietät Speckmann – maßgeschneiderte Einäscherungen zum kleinen Preis, getreu dem Motto: Wir lassen Sie in Ruhe! Trockenes Buchenholz bitte mitbringen!“ Du kaas di vüörstellen, wat dao in’t Duorp los was. Ik weet aower äerlik sägt nich mäer akkraot, wu dat hele Spil uutgaon is.

Egaol, al düt schot mi düör dän Kop, äs Hubert nu wier vüör mi ston. „Dat giw’t jä nich“, sag ik nao to Hubert, „ik dacht, dat du nu in Stewwert bi dinen Ölsten op’n How liäws, de dao inhiraodt is?“ „Jau“, sag he, „so was dat auk!“, un häw dän in de naigsten tien Minuten de lesten füwtain Jaore runnerrasselt, mok aower nich dän Indruk, dat he daomet so rächteforten tofriär was. „Aoch, wat sal ik di säggen Tönne, de iärsten Jaore was auk aals guëd, aower de Probleme in ne Landwärtschup sint jä nu nich minner wuorden un ik häb minen Jungen dän vüör twe Jaore guëd toküert, dän Vollerwerbslandwirt an'n Nagel to hangen un met wat Änneres, wat Nies, sien Geld to vödainen. Du kaas di förwis vüörstellen, dat ik aal nen guëden Infal praot had!"

Speed-Dating för junge Lüde, aower nich met Männlein un Weiblein an enen Disk, so äs dat kens – nä – de Geschicht spiëlde sik üöwer dän helen How af. Alle füwtain Minuten wüör tuusket un so satten se dän op'n Haibuoden, in ne Miälkküëk, in'n Fiäkenstal un wao weet ik nao üöweral. Een halw Jaor was de Bäer los op'n How, wi häbt guëd vödänt, un dän op eenmaol was't an End. De Wichter kammen nich mäer, wieldat se mänden, dat se bi Tinder nao mäer Uutwaol hadden. „Wat sal't, nich dat iärste Maol, dat wat nich hänhauen häw bi di!", sag ik nao so.

„Un bi di, Tönne?" „Aoch, wat sal ik säggen, eengslik is aals in Schus un in beste Uorder: Rente düör, Blagen uut't Huus, jä un dän häs jä Tied. Ik häb mi nao ne Nie tolägt. Aower dat is blaos drai Maonde guëdgaon. Nu häb ik mine Olle wier." „Nä auk Tönne, in dien Oller nao?", frog Hubert. „Jä, un wan ik äerlik sin, de drai Maonde wassen auk vulup noog. Du wees jä, dat ik nümmer de Gaueste was, un dän glieks een paor Maol an'n Dag rup un runner! Nao twe Wiärken häb ik aal miäkt, dat mi dat wiägen mine Kuortäömigkait harre op'n Kreislaup slaon is. Bi so ne Nie mos du jä auk ümmer forts un gau ingripen. Dao mos du di op't Högste konzentreern, aower op de anner Siet is et jä an'n lesten End jüst äs ne Socht. Wan du eenmaol dran ruoken häs, kaas auk so gau nich mäer inhollen. Dat iärste Plaseer häw dän aower auk heel gau naolaoten, de Nie wol aals van mi, un dat in minen Oller!"

„Dat kaas män wal säggen, met 72 nao ne nie Frau. Haugachtung, Speckmann, Haugachtung! Dat had ik so dän nu nich van di dacht!", sag Everding. „Wu? Wat? Ne nie Frau? Jau wal, ik häb mine Olle wier, aower ik main jä män nich Mariechen, ik main jä mine olle Fiets, du Pajats! Ik wil met düsse nien E-Bikes niks mäer to doon häbben, dat is mi aals vul to suer fallen."

„Kääl, häöer mi blaos op, so'n Teaoter! Ik had jä dat nie E-Bike guëd un wal twe Dage un wol de iärste gräötere Faort maken. Vüörn in't Küörwken mien nie digitale Radio mok ik mi meddags op'n Pat nao so'n Butenwärtschup. WDR 4 spiëlde nao „Born to be wild" äs ik dän nao'n halw Stünsken met anstännig Smackes jüst nao dän Buogen kreeg un dän nao so iäm vüör so'n paor Büske an't Staon kam."

„Dat hät, so rächt an't Staon kuëmen sin ik eengslik nich, ik sin män mäer rutsket un kon dat E-Bike jüst nao kort vüör enen van düsse dicken Brummers, düsse Heini Davidsons, anhollen."

„Rutsken of staon – ik main tominsten, dat ik de Maschien villicht blaos heel licht antikt häb, methän kinen graoten Schaden. Anner Lüde häbt daovan aower nen annern Indruk had."

„Jä, nu: De Spaigel van dat iärste Knatterpiärd hong een biëtken daoniäben, aower dän göng dat hele Teaoter jä iärst äs los! O Häer usse Huus! Düör dän langen Bremswäg kippede de iärste van de guëd un wal 300 Brummers, de alle fien in ene Rige opstelt wassen, heel sacht op dän twedden un wan du auk nao ninich wat üöwer de Domino-Theorie häöert häs, kons du dat nu in so benäömte „Echtzeit" beliäwen – un dat glieks met Hunnerte van düsse Knatterpiärde. Du kaas di nich vüörstellen, wat dao dan los was! De Baas van de Häerns, de alle swatte Bükskes un Jäkskes uut Liär anhadden, gefol dat üöwerhaups nich. Auk de annern bauden sik vüör mi op un äerlik sägt, kan ik mi widers op niks mäer besinnen, wat daonao passeert is."

Dat hät: „Siet ene Wiärk draw ik wier spriäken un siet lesten Fridag fast läten to mi niëmen. De Vöbänne sint auk siet gisten Meddag runner."

„Un daorüm mot mi nich enen mäer met'n E-Bike kuëmen, dao föer ik laiwer wier met mine Olle!"

1950
1953
1959
1964
1968
1975
1977
1982

14 | Gao mi wäg met Lourdes

Wel nao Lourdes wil, de mot wiëten, dat üm 1850 de lütte Bernadette Soubirous in so ne Grotte halwwägs achtainmaol de Moder Guods druopen häw un daonao akkraot an de Stiär Water uut dän Grund kuëmen is, wat de Pilgeres vandage nao drinkt of daodrin baden doot. Auk wan dat Water bes op't Leste üörnlik unnersocht wuorden is, was kine afsunnerlicke Mineraolstow-Tosammenstellung fasttostellen. Un bi alle dat kuëmt de Lüde siet üöwer hunnert Jaore nao Lourdes in dat faste Glaiwen daodran, dat de Moder Guods üör van Pien un Liden kurreert of üör bi graute Pröwungen an de Siet stait. Dat sal halwwägs an de 70 maol vüörkuëmen sien. Van Belang is blaos: Du mos dao wal fast an glaiwen, anners gait dat nich. Wan du nich dran glöws, mos du et laoten un gerüst to Huus bliwen.

Dat häw sik auk dän Strikklub „Uganda '86" dacht, de siet Anfang van de 1980er Jaore in Spökenbiärg för de armen swatten Kinner in Afrika strikt un daodüör ne Watervösuorgung un ne Krankenstasjaun metfinanseert häbt. Guëdhait un Naigstenlaiwe wassen ümmer de Driew för üör Hobby. De Macht daoför häbt sik de Fraulüde ümmer bi de vöschaidenen Marien-Walfaorten haalt. Et fong an met de Walfaort op de Knai nao Eggerode in't Jaor 1986.

Daonao göng et met de Fiets nao Telgte un met'n Bus nao Kevelaer, Altötting, Banneux, Medjugorje un Fatima. Drai Jaore häbt de Fraulü dan dat nie Fitnesscenter „Fit & Fun" rainmaakt bes se dat Geld tosammen hadden. Dän enliks dän vödänten Laun: Lourdes! Lourdes is Lourdes; daonao kümp niks mäer. Lourdes is jä dän Ridderslag för jerren Pilgerer. Naiger kaas du eengslik nich an de Moder Guods kuëmen.

Dütmaol wollen se aower de Pilgerfaort alleen in ne Hand niëmen un nich wier düör de Geselschup „Betreutes Beten". Se mänden, dat gaw üör mäer Frihaiten bi't Program, auk wan nüms Fransöösk kon. Annersiets häw Lütke Isfelds Else jä üöwer 25 Jaore nen Fransöösk-Lärrer van't Gymnasium äs Naober had, se mände, dat daovan wisse was hangen bliëwen is.

Rats daobi wäg van de landschuplicke Schöönhait van dat Düörpken midden in ne Pyrenäen göng Hollefelds Lissy de Trap uut dän Flaiger runner, äer äs dat se iärste Maol fransöösken Buoden betrat. Un auk de siëm annern Fraulü wassen rächt innuomen van de kaptaole Ümgiëgend un mänden, dat de Moder Guods sik för üöre Waordraime wal een heel propper Düörpken uutsocht had.

Vul Demood vüör de Moder Guods hadden sik de Fraulüde een Program tosammenstelt, wat – bi Lecht bekiëken – een stännigen Wessel van Biäden, Singen, Prosjoonen un Drinken van dat Welwater uut de Grotte was, blaos unnerbruoken van Slaop un Iäten. De hele Stad was besiält van'n Gaist van de Guodsmoder un van üöweral häöerdes du butenländske Marienleedkes of Rausenkransgebädte, van de Philippinen, uut Chile of uut Polen.

De Fraulüde aower miäkeden aal an'n twedden Dag, dat üören fransöösken Waodschat nu patu nich graot noog was, de paor Dage in Lourdes aon Malessen to üöwerstaon. Blaos met „Bonjour" un „Merci" kümsjä nu nich wied. Else wus nao wal, wu een Kop Koffi op Fransöösk bestelt wät, aower wanäer brüks du dat aal? So nam dat Drama sinen Laup.

Iärst häw Kampshoffs Stina op'n Luchthawen aal üöre Krüëk vöiuorn, wat auk ne hele Tied duerde, bes se ne annere funnen hadden, wieldat de Biamten op't Kontoor van 'n Luchthawen jä kien Plat vöstonnen. Dat bookte Hotelle „A la source sacrée" („Zur heiligen Quelle") häbt de Fraulü so undüüdlik uutspruoken, dat dän Schofföör van dän Kleenbus met üör annerthalw Stunnen düör Lourdes föert is, bes se dat dan anlest nao funnen hadden. Bi dän iärsten Besöök in de Mariengrotte häw Klein-Schmanthoffs Sefi för 'n Momang de Brems van üören Rollator nich antrocken. Dat Dingen mok sik egenstännig un schot uut de Grotte runner in Richt van dän Prosjoonsplas, Hunnerte van Pilgeres konnen sik in'n lesten Momang nao op de Siet redden. Dat Dingen kam so in Faort, dat et met Karacho in so ne pricke Metbrängselbude schot un so guëd un wal 25 van de Marienfigüürkes vul met Wiwater op't Trottoir follen. O Häer usse Huus, wat'n Spittakel op dän grauten Marienplas! Dän Rollator kons du vögiäten, un Sefi häw daonao bol de hele Tied in't Hotel vöbragt.

Daobi sint dän auk de drai Schiwertäöfelkes kapot bruoken, de se uut Dankbaorkait för Hölp un Bistand achten in de Basilika anbrängen wollen.

Dat so'n fransöösk „Grand Lit“ nich dat sölwige is äs een graut Dubbelbedde häbt de acht iärst dän miärkt, äs se sik met twe Fraulüde op guëd un wal 1,30 m vödelen mossen, wat wisse nich so eenfak was, wieldat bol alle jä nu nich mäer de Jüngsten wassen un auk nen stäödigen Liew mettosliëpen hadden. Dat was waorlik kien Suckerslickern un dai de algemene Lune üöwerhaups nich guëd.

Dat wüör dän auk nich biäter, äs se muorns bi't Fröstük satten. Dat Fröstük (Petit déjeuner) was för nen waoren Mönsterlänner dat Küern nich wääd. Se wassen sik auk gau eens, dat dat, wat dao anbuoden wüör, dän Naomen „Fröstük“ nich vödänt had. Dän Koffi kons du gaas vögiäten, de was so dün, dat du eengslik glieks wier nao't Bedde gaon kons, un bi de Buoterhäönkes wüör jüst maol nen Fingerhood vul Mammelade un Buoter reekt.

Dagsüöwer häbt se sik met düsse langen Baguette-Braidkes holpen. Aoms wüör et dän nao laiger. „Wat de Buer nich kent, fråt he auk nich!“ un „Wat du nich äs uutspriäken kaas, kaas auk nich iäten.“ So konnen de Damens met Ratatui, Bujabäs un Koqowin so rächteforten niks, aower auk garniks anfangen.

Äs kunnige Pilgerin wus Große Mersmanns Hilde apat aal vüördäm, dat et wisse Malessen met dat Iäten giëwen sol, wieldat dat in Fatima un op'n Balkan in Medjugorje auk so was. So mok sik dan de hele Trop an'n twedden Aomd üöwer de acht Tupperpötkes van Hilde met Wuordelgemöös, Würsing un Schinkenspek hiär, för Swatbraud un Westfäölsken Schinken was auk suorgt wuorden. Dän Rest hadden se sik bi so'n grauten Discounter tosammenkoft.

Gunsdags meddags mossen se Schmalefelds Else van ne Polsaistasjaun afhalen, wieldat se met olle Franc-Schine uut üören lesten Frankriek-Urlaub 1993 betalen wol un för ne halwe Stuns unner Bedrugsvödacht fasthollen wüör.

De gräötsten Malessen aower tratten op, wan de Damens op't Hüüsken mossen. Ne anstännigen Pot häs du vögiëwens socht, un so äs du dat uut Frankriek un Italgen so kens, gaw et blaos so'n

Afträt. Wel aower uut de Büks mos, mos in de Huke. Dat aower was nu för usse Damens nich so eenfak. Du sits in de Huke üöwer dat Lok un probeers, dien Spil kwiet to wäern. So wied – so guëd, wan du 25 Jaor jung un enigermaoten spuortlik baut büs. Linkerhand häs du miärsttieds nen Griëp to't Fasthollen, rächterhand sit dat Papeer. Wan du di aower linkerhand fasthollen mos un rächterhand gliektidig Papeer gripen wis, krigs du wisse Malessen. Du mos dine Punde methän guëd uuttareern, daomet du dien Geschäft maken kaas. För de ene of annere was dat een graut akrobaatsk Unnerfangen, bi dat du heel guëd oppassen mos. Wan nich, un dat is een paormaol passeert, häbt ennige Fraulü dat Gliekgewigt völuorn un laggen dän mesnat in de Schüëdel. Dao kon de Moder Guods auk nich helpen.

Nao so vul Malessen in de veer Dage wassen se dän auk rächteforten blied, dat et so wanäer wier nao Huus göng. Vüörhiär sint se met Weitkamps Käthe äkstrao nao draimaol in de Basilika un in ne Gnaodenkapel to't Biäden gaon, wieldat se alle glowwen, dat Käthe wul nao van üöre krankhaftige Kwateri heelt wüör.

Äer äs dat de Kuffers pakt wüörn, häbt dän alle Fraulü nao de lange Lieste van de Metbrängsels afarbaidt, dat Wiwater aftapt un dat anner Spil opdeelt un vöpakt. An't Enne saoch dat dän halwwägs so uut: För Steenkamps Lissy mossen se 250 ml Wiwater metbrängen tiëgen üöre lossen Bene, twe Rausenkränse uut naomaakt Elwenbeen un twiälw Glasküëgelkes „Maria im Schnee“ för dän Kinnersingkring van St. Rebecca. Markenforts Else kreeg 100 ml tiëgen üöre Hitzewellen in de Wesseljaore un 15 Käsen met dat Lourdes-Afteken vüörn drup. Schwattbecks Hermine wol gään 500 ml in ne Marienfiguur uut Porslainen, waovan se sik aoms ümmer nen paor Drüöpkes op üören Tanbüörsel dai, dän kon se biäter inslaopen. Boskamps Grete krig 250 ml tiëgen üöre Gallenpien un acht Rausenkränse för'n Kiëgelklub. Schmalefeld's Else frog nao 500 ml tiëgen de toniëmende Unwisigkait van üören Kääl Günter un ses schöön vöpakte Marienstatuen uut Schokelaor för de Kinneskinner. Große Mersch' August had bi de Damens fiew Litters Wiwater in'n Plastikkump bestelt, waomet he sik ümmer wier dat Gemächt inreew, üm to kiken, of dao met sine 77 Jaore nao wat göng.

15 | „... ET IS ’NEN JUNGEN ...“

Un et begaw sik to de Tied, äs de Kaiser Augustus Uorder gaw, dat sik sien hele Volk tällen laoten mos. Dat was jüst in de Tied, äs Quirinius Stadholler in Syrien was. Jerrereen mos sik tällen laoten, jerrereen in sine Stad.

Auk Josef uut Nazareth in Galiläa mok sik jä op’n Pat, he mos in sien Lannesdeel, un dat lag in Bethlehem. Josef was möde un nich guëd tofriär. De lesten Dage had he bol nich slaopen, twemaol nachens ston een Engel an sien Bedde un vötälte em, dat he nich bang sien mos, Maria, een jung prik Wicht to sik to niëmen. Dat, wat in üör maakt wuorden un nu an’t Wassen was, was van dän Hilligen Gaist.

Dat bragde em pat rächteforten rats düörneen. He wus auk eengslik garnich, wat he daomet anfangen sol. „Ik sal een Wiew krigen, de een Kind krig van Hilligen Gaist.“ Dat was jä een biëtken to vul för em, he was jä män blaos nen eenfacken Handwiärker, nen Timmerman, de rächtschaben sine Arbaid dai un af un an auk gään äs maol enen drünk. Un nu düt Teaoter hier: Äs flitigen un Guod ärdainig Mansmensk kam he nu wat harre in’t Strukeln. „Wan sik de Engel dao maol nich vödaon had!“, sinneerde he nao so. Dat kon jä nu patu nich; he had jä niks van düssen wuoligen Rabuus in’t Gemächt miäkt, nich to küern van nao wat anners! Nich dat he dat Wicht nich mog. Nä, üm Guods Willen, jerren annern in sinen Oller had förwis sägt: Ui, Ui, Ui – Jup; dat du di dao män nich üöwerniëmen dös, so’n jung Wicht!

Aower auk Maria göng et jä niks anners. Auk üör was sägt wuorden, dat se een Kind kreeg un dat et nen Jungen wüör, de Jesus haiten sal. Met üöre Vöwante Liesbeth un auk in’n Kiegelklub hadden se dao lang un breed üöwer küert. Se had aower ümmer wier sägt: „Of du et glöws of nich, aower so waor usse Häerguod liäwt, so waor sin ik rain un häb met Manslüde mien Liäwedag nao niks to doon hat.“ Dat glöw üör nüms, aower se beston drup, dat kinen Kääl üör anpakt had.

To glike Tied was Jup drup un dran, aals staon un liggen to laoten un düörtobriänen. Dat wol he jä nu patu nich waor häbben. Aower de Engel kam naomaol wier langs un berüigte em, dat he nich bang sien sal. Bang was ussen Josef auk nich, he frog sik blaos, wat se em aals anküern wollen un wat he dao aals nich metnuomen had.

Al düt, was Maria un Josef düör'n Kop gaon, äer se sik jä op 'n Pat mocken. Se wassen bes op een paor Stunnen an Bethlehem rankuëmen, äs se een Päösken mocken. Maria mände, dat et wal bol losgöng un se baide vüördäm nao'n anständig Schinkenbuoterram to sik niëmen sollen. Män dän mok Jup harre Damp un Maria kon bol nich mäer. „Josef", sag se, „laot us anhollen, help mi van dän Iësel runner, ik glaiw, et gait los. Dat, wat in mi is, sät mi harre to un wil wäg van mi."

Josef slaog stantepe de Sweet uut. Sowat had he jä nao ninich metmaakt. „Üm Hiëmels Willen", bölkede he, „du süüs jä, dat hier niks is, kine Bliwe of Bed & Breakfast of wat weet ik nao, wao sal ik dan met di hän – stel di nich so an – vödorri naomaol!"

Maria was in de Tüskentied harre an't Kräömen un mände to Josef: „Vödorri naomaol, nu sai enliks to, dat wi'n Dak üöwer'n Kop häbt, wan dän Lütten kümp!" In de Naigte fun Josef dän so'n Unnerstand för Swine un Kaie, wao he een biëtken Hai un Strau tosammen soch för'n behölplik Laoger.

Met vul Bohai kam dän lütten Jesus op de Wiält un Maria puckede em in Linnen un lag em in ne Kribbe. Josef was vulup färrig met de Nerwen, aower nu was apat auk waor wuorden, wat de Engel üör baide vötält had: „... Et is'n Jungen, et is'n Jungen!"

Op de graoten Waiden rund üm Bethlehem aower wassen Schaipers un Heren an't Arbaiden. Jaorin – jaoruut stonnen se bi Wind un Wiär buten. Et was ne rue, aower hiärtlicke Selschup, de düftig arbaiden kon un Guod ärdainig was. Düsse Kääls vöschröcken sik waan, äs de Engel van dän Häer an üöre Siet trat – sowat hadden se jä nao ninich sain. Et glämmerde un straolde üm se harüm, dat se et nich so rächt begripen konnen. „I bruukt kinen Schis häbben", sag de Engel, „ik vökünnig ju met vul Plaseer, dat vandage Jesus Christus, de Häer op de Wiält kuëmen is, un wan i dat akkraot wiëten wilt, dän gaot dao nen biëtken wider un i süëlt em wal finnen, in Linnen inpukt in ne Kribbe."

In de Tüskentied was auk nao anner Volk wiägen de hiëmlisken Heerscharen tosammen kuëmen, un aals pätkede los, üm dat lütte Käälken to sain. „Ehre sei Gott in der Höhe und Friede auf Erden!“, raipen de Engels, äer äs dat se wier in Richt Hiëmel afdraiden. Dat hele Schaiper- un Herenvolk was nich blaos baf, se wassen rats wäg färrig daomet. Un äer äs dat se nao Bethlehem lostrocken un üöwer düt Wunner vötällen wollen, dachden se, dat se sik bi so'n Anlaot män iärst äs anstännig enen drinken mossen. Se hadden bol ümmer enen kolt staon, un et duerde auk nich lang, dao was de hele Selschup aal fastewäg an't Fiern met Kaorn un Kleinen Feigling.

De ölsten Heren vüörne wäg dain dän Häer prisen, wat se konnen: Ratsfats de Mundüörgel uut de Taske trocken un et göng daonao wider met „Atemlos durch die Nacht“, „Ich hab dich tausend Mal belogen“, „Anton aus Tirol“ un wat weet ik nao aals.

Josef un Maria aower blewen alleen met dat lütte Käälken un se wussen auk nao nich, dat se met dat Jesulein nao so manke Üöwerraskung beliäwen sollen!

(Uut dat Evangelium nao Lukas)

Bethlehem

16 | Wat Guëds doon

Et was wier enen van düsse Dage vüör Winachten, wao du di an besten vökrupen kaas: natkolt, niëwelig, düüster: aoch – gao mi män wäg! Dat Schietwiär hol jä nu aal bol ne Wiärk an un wol un wol sik nich ännern.

Beskamps Paul un Stina hadden de Niërse vul! „15 Stunnen op de Bene, nu mot et auk guëd wäst sien!“, sag Paul. Se wassen dän helen Dag met üöre twe Swinebäern Aristide un Thassilo unnerwäggens wäst un hadden noog vödänt för dän Dag. Beskamps hadden äs ensigsten in Spökenbiärg twe Ewers un wassen daodüör natüürlik vul op'n Pat in't Duorp un in de Buerschuppen. Füwtain Maol hadden Aristide un Thassilo vandage ran most, un Beskamps Paul fol sik aoms so möde, äs had he dat aals söws daon.

„To“, sag Stina, „wi wollen jä nao in dat Mäpken kiken. Dat wät nu auk wanners Tied, wan wi nao met daon wilt bi de Aktion „Tu was Gutes zu Weihnachten – schenke einsamen Menschen ein paar schöne Stunden!“ Paul un Stina hadden söws kine Kinner un sik üöwerlägt, üöwer de Fierdage wier een eensam Mensk vüör een paor Dage to sik op'n How to halen. Lest Jaor hadden se nen Swatten, aower dao was wat scheew laupen bi't Uutsöken – dat Mansmensk kande garkien Winachten. Kaas di vüörstellen, wat dat för'n Teaoter was bi Beskamps op'n How?

Paul wol eengslik daonao nich naomaol metdoon bi de Aktion, aower siet he daomaols auk twe Wiärken rächteforten eensam was, äs Stina op de Gynäkologi lag, häw he sik swuorn, dat he tokünftig helpen wol, Liden to linnern. Nu hadden se dat nie Mäpken kriëgen. Paul had dat Häädfüer anmaakt un Stina de Sessels tosammenschuowen. Vüör üör lag nen grauten Biärg met Papeere un Beller. Frau Breuer van de Patenschaftsaktion „Maak op de Düör“ had aal de Vüöruutwaol druopen un baide studeerden se nu de Papeere, de Frau Breuer in so ne Plastikmappe sorteert had.

Stina was heel innuomen van so nen 16jäörigen Opschötling, de Vinzenz hät un Vader un Moder vöļuorn had, un daodüör in sine Entwickelung jä harre trüggebliëwen was. „Nä“, had Paul sägt, „nen Beklopten wil ik üm de Fierdage harüm nich op'n How häbben!" „Aower so nen Jungen, de brük jä auk Laiwe un Nöstwiämde!", sag Stina. „Kümp nich in Fraoge, dän Jungen brängt us wulmüëgelik nao Drogen un al dat Spil in't Huus. Nä, nä, niks nich – et mot jä wal wat Anstänniges giëwen, wat eensam is to Winachten."

„Wat is düt dan hier, kiek äs!", sag Stina. „Aishe Güldeniz, 39 Jaore, Rainmaakfakkraft, modersiälig alleen, de hele Familge is uutwiësen wuorden uut Düütskland." „Nä un naomaols nä – ik häb jä äkstrao nao sägt: Kine Uutlänners un Terroristen, häb ik äkstrao nao sägt!", reageerde Paul nu düüdlik opbragt. „Dat gait üöwerhaups nich, de häbt jä gar kien Winachten, de kent jä gar kien Winachten – de häbt jä blaos üören Ramadan! Un nu äs maol äerlik Stina: Söcke, de laad mi wisse auk nich in, of wat mäns du? Ik häb de Frau Breuer jä sägt, wan wi aal een niëmt, dän is dat Bedüdendste, dat he of se tominsten anstännig Düütsk kan un weet, wat Winachten is."

Siet för Siet wüör dat Mäpken wider düörbladert. Paul was anlest aower rächteforten hellig: „Vödorri, dat giw't jä garnich, blaos junge Däösköppe, uutländske Asylfraulü – giw't dan patu hier kien Mensk mäer, dat anstännig eensam is?" „Jau, nu äs rüig an to!", hol em Stina entiëgen. „Hier, düssen süüt jä heel patent uut: Oskar Hein, 57, Schlosser", sag Stina. „Jau, jau, nu liäs äs maol wider!", wüör Paul wanners mäer un mäer hibbelig! „Ruhig, besonnen, gesetzt, Nichtraucher", sag se. „Do äs hier dat Spil, Stina!", snauede he sien Wiew an. „Kiek, wus ik jä forts, dat dao wat nich stemt!", bölkede he: „Freiheitsstrafe auf Bewährung!" „Jä, mien Guod, sowat kan jä jerrereen maol passeern, daorüm wilt wi jä auk helpen!", hol em Stina entiëgen. „Niks, nen Vöbriäker wil ik hier nich häbben. So'n Völksken kümp jä för us hier üöwerhaups nich in Fraoge!", sag Paul un slot sine Fraoge an, wat dan de Frau Breuer nao anners in üör Mäpken had?

Baide dain se widerbladern, aon dän rächten Eensammen to finnen. „Dän villicht düssen hier", sag Paul, „hier düssen, de is in't Ollenhuus St. Agatha, dat is förwis nen rüigen Vötriäter, de nich dat miärste säg un di villicht nao bi't Uutwasken helpt." „Nääa" – kam et uut Stina druut, „so nen Tattergries, dän wil ik nich häbben, ik häb aal met dine Inkontinens noog to doon. Dat schiält mi nao, op Winachten sin ik blaos an't Unnerwöske wasken un Lokusrainmaken! Nä, dao maak ik nich met!"

„Gait auk nich – to, dän blader wider!", was et Paul so wanners leed un dän: „Wocht äs, wat is dat? Klaus Berge, pensionierter Soldat. De schint jä nao guëd op de Bene to sien!", sag Paul.

Stina las de Angawen heel akkraot düör. „Hier, kiek äs wider – kine Vöwantschup mäer! Alle in'n Osten trüg laoten." „Jau, dat lüt jä anstännig. Dän konnen wi jä niëmen, Stina – wan he würklik eensam is!", klüng Paul nu tofriär. „Jau, dat Mansmensk konnen wi niëmen – aower wocht äs", sag Stina een biëtken vöwünnert. „Blaad nao maol trüg ... Kiek äs dao, de häw jä ne Pipe in'n Bek – de Kääl smaikt! Nä auk, dän Rüëk krieg ik jä mien Liäwedag nich wier uut de Gardinen druut – ne, nich met mi! Ik häb äkstrao sägt: Lüde, de nich smaiken doot!"

„Vödorri nao an to, et sal jä nao wal nen Düütsken giëwen, de nich smaikt, anstännig un bi alle dat eensam is. Enen, de auk för us in Fraoge kümp!", sinneerde Paul. „Mien Guod Stina, ik sin et leed – mäns du nich auk, dat wi to Winachten laiwer de 17jäörige van Strothkötters inladen süëlt, de aal siet Jaore in Berlin is. De wilt se bi Strothkötters wisse nich de helen Fierdage op'n How häbben, wan de graote Vöwantschup kümp?", gnesede Paul schelmsk üöwer sine Bril. „Jau – dat kan ik mi guëd vüörstellen, dat di dat gefallen dai. Aower de is förwis nich eensam", sag Stina, „üm de schawenselden fröer aal de jungen Hääankes harüm."

„Guëd, dän laot us män dän hier niëmen: Günter Dirksen, Deutscher, Beamter, was bi de Post – dat is jä wat Anstännigs, of nich?", frog Stina. „Un – de is auk nao fri?", wol Paul wiëten. „Jä siëker!", höl em Stina entiëgen. „Jä, wan dat Mansmensk eensam is – dän laot he män kuëmen!", sag Paul un had de Niërse nu engüllig vul.

Baide bekeken sik üör Urdeel naomaol. „Wat häs dan nu nao?", frog Paul. „Aoch Paul", sag Stina, „wan ik mi dat aals so bekiek, dat liäst sik aals so anstännig, dat di jä fraogen mos, of de nich ne Macke häw of süs wat, waorüm dat Mansmensk so eensam is."

(fri un deels nao een Vötälsel van Polts Gerhard)

17 | Erwin Tsabalalah of „Früëmde Lüde in Spökenbiärg“

Strothkötters Besmoder kreeg bol kine Lucht mäer, un de öllеren Blagen funnen dat rächt plaseerlik, äs dän Jüngsten uut dän Strothköttersken Stal van de Huusdüör trüg kam un sag: „Papa, komm’ mal, da steht ein Farbiger vor der Tür, der will mit Dir reden!“ Paul söws laip raud an un wol dän Jüngsten daoför nao wat an’n Hals giëwen. „Met so wat wäert kine Spääöskes maakt, Heribert!“ „Aber wenn es doch wahr ist, Papa!“, hol he em entiëgen.

„Nen Swatten?“, sinneerde Paul nao, „Wat häb ik daomet to doon?“ Op’n Wäg nao de Huusdüör fol em dat dän aower nao wier in. Un dao ston he dän auk in vulle Pracht un Häerlikkait met sien winnend Gnesen in de Huusdüör: Erwin Tsabalalah, 22, nen propperen Kap-Jüngling un Resultaot van nen schönen Aomd tüsken dän Bantu-Baas Josef Tsabalalah un de junge holländske Fiskvökaiperin Tineke de Boer uut Volendam. Tinekes Mamma had in de 90er Jaore dän Buren-Stambaum van üöre Familge unnersöken wolt un was dän nao een paor Dage met Josef, dän Bantu-Baas, tosammen kruopen. Äs de baiden dän miäkeden, dat Erwin unnerwäggens was, is Tineke glieks dao bliëwen.

Paul was lest Jaor met de Spökenbiärger Jagtgenossenschup dat iärste Maol op Grautwildsafari gaon, waoför se met niëgen Manslü aal jaorelang spaort hadden. Laukämpers Heini had nao sägt, dat se patu in de Kagladi-Wöste mossen, de direktemang op de Grens tüsken Namibia (of biäter Düütsk-Süüdwest-Afrika) un Süüdafrika lag. De indigenen Stämme (so näömt se de, de van dao kuëmt), methän de Tswana, Nana, Himba of Hereo, wassen bekant för üöre Fröndlikkait tiëgenüöwer de Witten of Blanken, van de Ovambos un Zulus hadden de Spökenbiärgers blaos häöert, dat se to vul Geld för de Safaris nammen.

Paul had wunnerbaore Beliäwnisse an de Safari in’n Kop: Dagsüöwer wüör anstännig jagt met de Jeeps un anner Gelänneaudoos, un aoms an’t Laogerfüer gaw et van de „Strecke“ glieks wat Läckeres to iäten. Erwin ston miärsttied an de Kuokstiär of an't uopene Füer. Daobi wüör förwis auk ümmer guëd een drunken, un wat hadden se jä alle nen Spaos, äs Erwin un sine Askari in'n dicken Kop anfongen to dansen, un auk Paul kon sik nao guëd drup besinnen, dat auk he met so'n Baströksken üm't Füer harüm sprüng. Se vöstonnen sik rächt guëd, un hier un dao is auk förwis maol sägt wuorden, dat Erwin jä rüig äs kuëmen sol, wan he mände, dat Europa dat Pässige för em was un em guëd dai.

Aower wat sägs nich aals, wan guëd een drunken häs, un wel riäkt dan daomet, dat Erwin würklik kam un dän auk nao bi Strothkötters op'n How? He had jä auk nao Blickmann, Laukämper of Schmerbeck gaon kont! Gastfröndschup aower was de Familge ümmer hillig, un so bleew Erwin iärst äs bi Strothkötters op'n How. De Blagen funnen dat rächt guëd, wieldat se nu üör Engelsk uutprobeern konnen un söws Strothkötters Besmoder, de jä jaorelang in Holland in'n Huusholt arbaidt had, kon sik een biëtken op Afrikaans vöstännigen.

De Gastfröndschup op'n How kreeg dän aower bol een anner Beld, äs Erwin vötälde, dat he blaos een „One-Way-Ticket" nao Düütskland had, wat jä bedüd, dat he in de naigsten Wiärken of Maonde förwis nich trüg kon. Paul had nao wal probeert, Erwin in dat Asylantenhuus an'n Biärg unnertobrängen, aower dat wol Erwin nu patu nich. So wüör Erwin in Strothkötters Gaorn unnerbragt. Wieldat Pauls Wiew sik jä miärsttied üm de Kinner suorgen dai, wol se nich, dat Erwin in de iärste Tied bi üör in't Huus wuënde. Äs sik nao drai Maonde in Strothkötters Gaorn, wao Erwin in so'n olt Telt van'n Kreisbuernvöband liäwt had, Kinner un Huusdiers an dän „Früëmden" gewüënt hadden, trok he in dän ächtersten Deel van de Garage üm, gaas in de Naigte van Paul sinen SUV.

De Garage hadden se eengslik för Besmoder praotmaakt, aower de was met üöre 92 nao to guëd to pas. Nu mos wieten: Strothkötters Garage is nich blaos ne Garage; dat was een waorhaftig Prachtstük met Flüsterasphalt op de Rampe, Bruse un Bidet achter de Toilettenaftrennung, Footbuodenheizung, Sunnenbank un auk haupenwies elektroonske Schaltmüëglikkaiten för Naoberschupsfiern, Winachten un Paosken; un dat was aals uutlägt met Terracotta-Flisen. Somet: Dao kons et wal uuthollen!

Erwin holp Pauls Wiew, de he ümmer met „Madame“ anküerde, in’n Huusholt of mok sik auk anners dainlik. He drow de Blagen bi’t Riäken helpen un jerren Dag ene Stuns met de Familge in de Fliëmerkist kiken. In’t Duorp laiten se em wiägen de annern Kinner in Spökenbiärg nich alleen un aoms wiägen de Fraulü iärst rächt nich.

He läerde van Franz, de he ümmer „Chief“ näömde, wat üöwer Menskenrächte un wu bedüdend dat jä was för dat Tosammenliäwen van de Menskhaid. Sundags göng et met dat hele Volk nao de Kiärk un Erwin läerde gau, dat nich in’n Hiëmel kams, wan nich nao Kiärk göngs. Erwin drow auk een paor Maol in’n Kiärkenkoor metsingen un wol de Lüde auk gään wat van sine schönen afrikaansken Kiärkenleedkes vüörsingen. Dat wollen se nu bi St. Rebecca aower patu nich, se hollen jä mäer van „Großer Gott, wir loben Dich!“

In sine frie Tied figgelde he uut Holt heel akkraot lütte Krockedielkes of Niërshäönkes. Dat gefol aower Pauls Wiew üöwerhaups nich. Se mände, he sol män laiwer „Herz-Jesu-Beldkes“ maken, de laiten sik biäter vökopen.

„Chief“ Paul läerde em auk, wat Kapitalismus is un op’t naigste Pfarrfest hadden de twe dän nen egenen Stand. Erwin had iärst nao protesteert, dat dat polietsk jä nich rächt was, wan se „Negerküsse“ op dat Täöfelken schrewen, aower Paul häw dän besluoten, dat wiägen de Authentizität „Negerküsse“ drup staon mos. „So mäks dat un nich anners!“, häw Paul ümmer wier sägt, un Erwin had sik aoms wünnert, dat daomet so vul Geld to vödainen was. Nao’t Aftrecken van alle Kossen blewen för Erwin auk knap 7 % üöwer, wat noog was för nen Floogschien trüg nao Johannesburg.

De CDU Spökenbiärg had Ervin vöschaiden Maol frogt, of he nich in ne Partai metmaken wol, wat he aower nao lang Üöwerläggen afsägt häw: De Ortsverband Spökenbiärg was em nich swat noog!

Met sien Düütsk haide et nich so guëd hän; Platdüütsk gefol em biäter, was aower annersiets nich so eenfak to vöstaon. An’n lesten End was he aower rächt stolt daodrup, wat he op Plat aals in de lesten ses Maonde so läert had: „Du häs jä wal dat Gat los!“

göng em jüst so guëd üöwer de Tung äs „Du olle Arschlok!“ un „Uutlänners druut!“

18 | „... Gisten was mäer los ...“

Gisten was förwis mäer los, dao was jä auk Markt, un an Marktdage is so of so mäer los; aower gisten: Junge, Junge ... Drai un ne halwe Stuns was de Straot dicht, haupenwies Polsai, Afsliëpwagens un söws nen Hubschrauber. Käle, Käle, ik main, et was förwis nich to vögliken met dat Malöör met dän Saddelsliëper in'n Summer, dao sin ik jä bol nich nao Huus hän kuëmen – so oprögsk was dat.

Guëd, eengslik gait mi dat jä niks an, aower wan ik äerlik sin, kaas di äs Rentner in Spökenbiärg unner de Wiärk kien biäter Program vüörstellen. Du mos niks daoför doon un wäts nen helen Haupen nie Saken gewaor. Rentnerhiärt, wat wis du mäer?

Ik kuëm jä nu wisse draimaol de Wiärk hier nao'n „Dicken Jup“, miärsttieds sit ik üm 11 Uur hier an't Fenster; dao mot aal 'n Begräwnis daotüsken kuëmen, dat ik wat läter sin. Guëd, winterdags sit ik auk mannigmaol üm 10 Uur aal hier, wieldat dän de Kreisstraot düör dän Wold nao vöiest is. Dän passeert miärsttieds jä nao mäer äs gewüënlik.

Jä siëker, eengslik gait mi dat niks an, aower annersiets: Ik sin 72, un wat sal ik dän helen Dag in't Huus? Anni, mien Wiew, gait jä auk draimaol in ne Wiärk nao üören Strikklub, wao se aal siet Jaore in üör egen Hölpeprogram för swatte Kinner in Uganda strikt un nu aal bi 117 km ankuëmen sint.

De Kreisstraot hier direktemang vüör de Düör is aal siet Jaore nen waoren Briänpunkt för Unfiäle, wieldat de Spange van de Audobaan direktemang vüör dän scharpen Drai op de Bunnesstraot to löp. Dat Stüksken Wold daotüsken mäk dat Spil nich eenfacker, un ik säg di, ik weet, waovan ik küer – ik sin jä faken noog hier.

Wisse gait mi dat eengslik niks an, aower ik häb auk vöschaiden Maol aal üörnlik helpen kont. Un du wis jä auk helpen, dat sit wal in ne DNA drin, dat is jä auk Christenplicht, of nich? Mankst süüs du dat Malöör aal vüörhiär ankuëmen; besunners düsse jungen Opschötlinge, dän helen Balg vul met Testosteron in üöre opmotsten un daiper lägten AMG's, de krakailt dän jüst so äs so'n büksken Elk, dat häöers du aal van widen. Dao küënt auk wat Baime an düsse Straot een Leedken van singen.

Ik mos auk aal faken äs Tüge vüör Gericht uutsäggen, wao ik persöönlik dän Unfalaflaup vökläört häw. Daoför krigs du miärsttieds 26,50 Euroos Tügengeld, aower de sint jä gau wier wäg, wan du bol de hele Wiärk hier sits. Met de Tied krigs du aower auk nen Haupen Wiëten un kaas akkraot faststellen, of dao nao wat to maken is, of wan du glieks de Jungens met dän langen swatten Wagen bestellen mos, auk wan mi dat eengslik niks angait.

Nülik auk, ik glaiw et was lesten Dunnerdag, de Niëwel hong daip op Straot, un et was rächteforten so unwies fies Wiär. Ik had guëd fröstükt un mi nao dacht: Junge, vandage mos du bitiden op dinen Posten sien, dao passeert nao wat. Nao so'n paor Jaore krigs du nen siëmten Sin för söcke Saken. Dän wät auk maol van annere Saken afsain, söws wan mi dat eengslik niks angait.

Stoffers Hermann, Laukotten Heinz un Homanns Paul wassen auk drin kuëmen, se spiëlden dunnerdags üm 11 Uur ümmer Dubbelkop bi'n „Dicken Jup". Ik sat so jüst äs miärsttied op minen Possen, Jup had mi jüst een Pils un'n Wacholder bragt, dao göng dat Teaoter auk aal los. Kümp dao jä so'n Däöskop met ne unwise Gauigkait düör dän Bogt schuoten, ofschoonst de Blagen jä aal läert, dat jüst hier an düsse Stiär wane oppassen mos. Midden in dän Bogt fong he an't Slüdern un dai de Kontrul völaisen. De Fensters bi'n „Dicken Jup" wassen Guod Dank so breed, dat ik dän helen Vüörgang guëd bekiken kon. Dat Audo släög iärst achten linkerhand an dän Baum, dän vüörn rächterhand an dän naigsten Baum, wüör direktemang bi'n „Dicken Jup" vüör de Düör in dän Grawen smiëten un kam anlest twintig Meters wider engüllig an't Staon of Liggen, wu dat auk wis.

Eengslik gait mi dat jä niks an, aower ik häb et jä heel akkraot sain, wieldat ik jä de hele Tied op minen Possen sat. Dän dicken Jup häw glieks de Sanitäters ropen. Wi sint dän met alle Man druut, häbt aower glieks sain, dat dao nich mäer vul to maken was. De linke Blinker is nao gaon un dat Audoradio met de grötsten Hits van Radio WMW was nao to häöern, aower wan äerlik büs, häw et dao binnen uutsain äs in ne Slachtschüëdel.

Ik main, eengslik gait mi dat jä niks an, aower dat was nu würklik swaore Köst, un wi wassen us auk alle eens, dat düt Malöör nao üëweler was, äs dat vüör twe Wiärken, wao dän Föerer un de twe Fraulü uut üör Audo slüdert wuorden sint.

„Jup! Jup!“, kraide Homanns Paul, „To, eenmaol kort-lang nao al de Opregung!“

(deels un fri nao een Vötälsel van Polts Gerhard)

RESERVEERT
för Niesgierige

19 | In't Achterland

Nu dän – et giw se nich mäer al to vul, aower et giw se ümmer nao, düsse lütten Düörpkes in't Mönsterland, düsse Höke, wao bol kinen Bus mäer hänföert, wao du twemaol ümstigen mos un blaos met viël Biäden hän küms, wao du opwäs, nao School gais, hiraoden dös, een Huus baus, Kinner krigs, de wier Kinner kriegt, de auk wier Kinner kriegt un de dän wier Kinner kriegt un dat aals in Guods Naomen un met Guods Hölpe.

Spökenbiärg is auk so'n Düörpken, wao Kiärk un Relgoon üöweral sint. Auk wan de Lüde nich mäer so heel bebelfast sint, wät de Kiärk hier in't Achterland nao rächteforten iärnst nuomen. Dao is de Häer Pastoor auk nao de Häer Pastoor un nich de Rudi of de Michael, de Gitarre spiëlt un in sine frie Tied Moped föert.

Nen rächten Pastoor föert kien Moped, nen rächten Pastoor, de biäd för sine armen Siälen op Latiensk. Nen rächten Pastoor häw kine Tied, sik üm dän synodalen Wäg to suorgen, üm de Sexualmoraol van de Kiärk of üm Maria 2.0; nen rächten Pastoor, de giw Relgoonsunnerricht in ne School, läert de tain Gebodte un brängt lütte Jungens dat Singen in'n Jungenskoor bi of metunner auk wat anners. So was dat ümmer un so is dat auk vandage!

Niäben de Kiärk spiëlt auk Alkohool in't Achterland ne bedüdende Rulle. Alkohool wät eengslik ümmer drunken, besunners an Fierdage van de Sippe, so äs Döpe, Firmung, Kummioon, Hochtied, Gebuorts- un Naomensdag of Begriäwt. Miärsttied is auk de Häer Pastoor daobi, wieldat he gään enen met drinkt. Aower drunken wät eengslik ümmer: Bi'n Footbal, bi't Katenspiël, sun- of fierdags, of auk blaos, wan met'n Naober een paor Wäöder wessels. Dat häöert sik dän halwwägs so an:

„Aoch, kiek an, Hermann, wu is't daomet?"
„Wal guëd, bes op dat Wiär!"
„Wao gait et hän?"

„Aoch, iäm nao'n Bauhow, een paor olle Moosstrünke wägbrängen! Un bi di?"
„Kan nich jaomern!"
„Snäpsken?"
„Jau, waorüm nich, wa?"

Een Snäpsken gait eengslik ümmer in't Achterland, mannigmaol auk wal twe of nen Opgesätten, de se hier auk gään nen „Rauden" näömt.

„Nu pak to, Hermann, düssen häw usse Mamma maakt, dao kent se wat van af: Raude Kasbiärn met brunen Krüëmelkandis, ne Vanilleschaune un'n Klüksken Wodka. Jau, Junge, de gait runner äs Üölge, kaas mi glaiwen, dän kriegt usse Blagen auk ümmer, wan se Buukpien häbt."

Mamma is eengslik garnich de Mamma, eengslik mänt he met Mamma sien Wiew, aower faken is dat to ümständlik, dat Wiew maol met'n Vüörnaomen antospriäken un vüör de Kinner dän wier Mamma to säggen. So häbt se sik an't Enne dän op Mamma enigt. Waoanners säg se auk wal „Alte", „Olske" of „Olle", aower dat is viël to grow, dao is Mamma apat fröndlicker.

„To, nu drink män nao enen!" Vüör Korten, äs Ööm Norbert to Besöök was, mog he üöwerhaups kinen Rauden drinken. Hu, wat was de Kääl jä slächt trächt! Dat göng üöwer Dage, un du kons em met de Tang nich anpacken. Et was Fassentied un wieldat se dat hier in't Mönsterland nao wal iärnst niëmt, had Ööm Norbert besluoten, in de Fassentied kinen Alkohool to drinken. Dat wussen se aower alle nich, äs de hele Sippe, Naobers un auk de Häer Pastoor bi ne Familgenfier tosammen satten. Snidkes un friske Bloodwuorst wüörn reekt un de Wacholderpul göng rund. „To, enen gait nao, Norbert!" Dat funnen auk de Naobers un Pastoor Holtmann. Ööm Norbert aower sag niks un sat vüör sien halwvul Beerglas. „Wat is dan los met di?", wollen se alle wiëten, wieldat Ööm Norbert süs ümmer de Iärste is, wan et üm'n Snäpsken gait. Jä, un dän sag he, dat he an't Fassen was un kinen Alkohool drünk."

Guëd, nu kaas säggen, dat Ööm Norbert jä de hele Tied aal Beer drunken had, un Beer jä auk Alkohool is. Dat wüör apat forts klaorstelt: Beer is in düsse Familge kinen Alkohool, Beer is Beer! Beer is eenfak ümmer dao, so äs de Sunne, de Maond, Blagen of slächte Naobers. Guod Dank, dat de Häer Pastoor Holtmann nao daobi was, de dän auk stantepe düüdlik mok, dat de, wel aon Sünne is, män dän iärsten Steen smiten sal. He söws wol wal baide Aigen todrücken, wan Ööm Norbert nu enliks auk een Snäpsken drünk. Un dän löt he de hele Selschup nao wiëten, dat Ööm Norberts Blagen jä so wunnerbaor metmocken bi'n Kummioonunnerricht. Daoan kons jä aal sain, wu christkatholsk de Familge is. Dat was dän aower auk noog, un so kon Ööm Norbert wul nao een Snäpsken drinken. Un wieldat een Snäpsken kien Snäpsken is in't Achterland, was ussen Ööm nao twe Stunnen so hackenvul, dat se em afhalen mossen.

(fri nao een Vötälsel van Webers Andreas)

20 | De Vüörladung

Dahlhues Grete un Karl hadden et red! Se wassen uut dat Gröwste druut! Karl was lange Tied bi de Baan wäst un met 60 pensioneert wuorden. Grete had sik ümmer üm üöre veer Wichter kümmern most, dat was Arbaid noog! De Vader van Karl, de ümmer op'n How bi Schulte Bollmann anstelt was, had dat olle Küöterhüüsken aal vüör'n Krieg koft, aower rächteforten niks dran daon.

Karl un Grete hadden dän twemaol ümbaut, in 1963, äs se auk de Heizung kriëgen hadden – un 1985. Rund üm dat Dahlhueske Huus was in de Jaore so mannig Hüüsken baut wuorden. Wao du fröer nao fri op Busk un Feld kiken kons, stonnen nu haupenwies Nibauten.

Nen Rüen aower hadden Dahlhues ümmer, un bol ümmer nen düütsken Schaiperrüen. Rächt stolt wassen se daomaols op Rex, de in seste Linnig nao met dän Liewrüen van Görings Hermann vöwant was. Daonao hadden se achterneen Berti, Brutus, Rochus, Caligula un nu Roy, nen rainrassigen Schaiperrüen met Papeere, un besunners dat: nich bange! Jau Junge, dao was Karl ümmer stolt drup. Bi Dahlhues kam nüms op'n How, aon dat Roy dat met sinen graoten Bek aal ankünnigen dai.

Dat düt häerlik Dier nu nen Muulkuorw driägen sal, wol Dahlhues nich in'n Kop! He had Roy jä ümmer unner Kontrul. Wier un wier trok he dat Schriwen van't Amt uut de Trecke unner'n Küëkendisk. Wier un wier schülköppede he üöwer de Vüörladung un las uut de Verordnung: „Zum Schutz der Öffentlichkeit vor Kampf- und artverwandten Hunden lt. beigefügter Übersicht vom 18.7.! ... werden Sie unverzüglich aufgefordert, Ihrem Hund Roy in der Öffentlichkeit einen Maulkorb nach DIN 46/2 anzulegen ...!" Dagelang was he so hellig äs män wat. He had äkstrao nao bi'n Vöband anropen un de Häerns frogt, wat se van düt Schriwen hollen dain. Dat wol he sik män nich so eenfak gefallen laoten. „Rög di nich so op!", probeerte Grete em to berüigen. „Aower kiek äs", sag he dän, „bi Bernsmanns Theo sinen graoten Staffordshire – Bullterrier kon ik dat jä nao vöstaon. De häw jä Tiäne, mien Guod, wat häw de Rüen Tiäne, dat is jä bol so, äs wan du een Krockediel in't Muul kiks; apat aower nich ussen Roy!"

Met Roy mok he sik op'n Pat nao't Spökenbiärger Raodhuus, wao he op't Ordnungsamt dän Saakbearbaider sine Laoge vökläören wol. Karl hol wied uut un fillosofeerde auk üöwer dat historske Vöhöltnis van Mensk un Rüen. Roy lag vüör sine Fööt un keek dän Saakbearbaider met sine trüen Döppes an. „Kiek äs", sag Dahlhues, „di mag he, dao kaas stolt drup sien, kik äs, he kik di ümmer an. So'n Rüen, de häw jä nen siëmten Sin, de weet, wan bi enen wat nich in Uorder is. Dao kaas du blind drup vötruen, dat miäkt de forts. Süüs dat, he kik di ümmer an, di mag he! Aower wan he miäkt, dat bispiëlswies enen klaut of früëmd gait, dat föölt de Rüen forts!", göng sien Beläern wider: „Söcke Lüde kik he garnich iärst an of he grip se direktemang an." De Saakbearbaider fol sik in de Tüskentied vulup informeert, wees aower bi alle dat an, dat auk Dahlhues sinen Rüen, dän Roy, nen Muulkuorw to driägen had, wan he buten rümlaip.

„Wao sal ik dän vandage nao met so nen Rüen hän?", insisteerde Dahlhues. „Op de Straot mos du jä bol an jerren Hook so ne Tute bi häbben, wieldat nen Rüen sotosäggen äs jaordusendelangen Frönd van us Mensken vandage nich äs mäer op de Straot kacken draw! Un: Laot us män äs äerlik sien, wat is dat jä ümmer för'n Plaseer, wan dao wier maol een in so ne Triätmine patket is." Dahlhues lachede luut, vötrok aower stantepe wier sien Gesicht un raip: „Jau, büs du wal rüig, Roy, gao sitten! Gao sitten! Vödorri naomaol, maak Plats! Jau, mäks du nu Plats! Häs sain: du mos em wal wisen, wel de Baas in't Huus is. Anners gait et nich. Plats, säg ik, vödorri naomaol, Plats! So is't rächt, arigen Rüen! Aower di mag he – di kik he ümmer an! So is't arig", gaw he sik wider an't Opsäggen: „Leste Tied gaot wi ümmer op dän grauten nien Kinnerspiëlhook bi us achter de Siedlung an Bollmanns Esch, wieldat he dao sinen Uutlaup häw. Dao kan he sik uutbälgen un rümjagen. Nich waor, Roy, so is't arig! Mach Sitz, Roy ... du sollst Sitz machen ... Roy – ik säg Sits! Du mäks nu Sits. Vödorri naomaol! So is't guëd! Dao kaas jä äs maol sain, wat ne guëde Uutbellung wääd is."

„Jau“, sag de Saakbearbaider, „aower met dän Rüen op’n Kinnerspiëlhook an Bollmanns Esch – dat drüëwt i jä auk nich! Daorüm häbt sik dao vüör korte Tied junge Möers tosammensluoten, de daotiëgen sint. Dao süëlt i förwis nao wat van häöern.“ „Dat küënt i jä wul met mi nich maken“, wüör Dahlhues wat luter, „dat is jä Roy sien Reweer!“ „Dat küënt wi wul“, sag de Saakbearbaider, „I süëlt et wal sain un beliäwen!“ „Nu äs äerlik, Häer Saakbearbaider“, mok Dahlhues met sien Küern wider, „dat Roy sik dao metunner in’n Sandkasten uutschit, is wal waor, aower anners – so üëwel is dat jä nu auk nich. Wan di bekiks, wat de Blagen vandage aals in üören Bek schuowen kriegt an Smarties, Gummibärkes, Milchschnitten un al so’n sööt Wiärks – dao mäk jä so’n biëtken Rüenschite daotüsken auk niks mäer uut, besunners wan bedenks, dat ussen Roy Schonkost to friäten krig! Nich waor, Roy – du büs nen guëden Kääl! So is ’t arig, wulwal ... Nen guëden Kääl! Du wis jä blaos spiëlen, nich waor?“

„Un nao eens“, sag Dahlhues, „dao sit düsse jungen Möers an Bollmanns Esch, in de ene Hand üör Handy met de niesten Tinderbelckes un in de anner so’n Hauruk-Blädken met de bedüdendsten Fraogen üöwerhaups, so äs: „Waorüm kan minen Kääl nich faker äs veermaol in ene Nacht?“ Düsse Fraulü häbt jä garkien Tied, op üöre Blagen optopassen. Un anners: Jau, et kan förwis maol passeern, dat so’n Kind ussen Roy in’n Wäg löp. Aower dän is et jä auk to vöstaon, dat so nen Rüen dän vöunsiëkert un düörneen is.“

„Nülik auk, wi laipen jüst üöwer dän Spiëlhook, mos Roy sik ne Wuorst druutdraien (dao wis du jä auk nich bi stört wäern, of?), jä, un dao löp em so’n Kind mi niks di niks üöwer’n Wäg. Eenfak so! Dat mos di maol vüörstellen – un dat op’n Kinnerspiëlhook! Un jüst, äs wan et dat Kind to guëd gait, mok et auk nao ne knuuwte Fuust, stats met de flacke Hand Demood to wisen. Nä, ... jüst äs wan et dat äkstrao daon had.“

„De Moder häw läter sägt, dat had dat Kind daon, üm sik to schütten. To schütten ... vüör wat, vüör ussen Roy? ... dat ik nich lach! Vüör ussen Roy mot nüms schüt wäern! Äs ussen Roy de Fuust van dat Kind saoch, fol he sik angriëpen ... jä, un häw dän audomaatsk topakt. Dat Kind lig vandage nao in’t Krankenhuus. Un daobi häb ik ümmer düüdlik maakt: Fingers wäg van dän

Rüen, een waoren Schaiperrüen is jä kien Spiëlwiärks. Aower dao küers du di jä dän Bek fusselig."

„Waorüm so'n Rüen nich anständig met Haugachtung in de Mööt kuëmen un met'n Afstand van drai Meters vüörbi laupen? Nä – dao kuëmt se ansprungen: Jä, wao is he dan, jä wao is he dan? Dat so'n Rüen dat auk düörneen brängt, dat intresseert kinen Düwel! Aower met ne Anklaoge wiägen swaore Körperverletzung un Gemaingefäörlikkait, dao sint se dän ümmer gau daobi." „Ik wil di äs wat säggen, Häer Saakbearbaider", wol Dahlhues dat Spil nu an End brängen, „ik denk, dat et Tied wät, dat se de Blagen an ne Line niëmt un nen Muulkuorw ümhangt un nich de Rüens!"

(fri un deels nao een Vötälsel van Polts Gerhard)

21 | Swine, Swine – niks äs Swine

Potthoffs Hermann lachede, äs he de 28 Papeerbüögen vüör sik liggen saoch. Nich blaos wiägen de paor Euroos, de he sik daomet vödainen kon, nä – et was män mäer dat Plaseer un de Vüörfraide; so laggen jä förwis wier siëm oprögske Dage vüör em. Lest Jaor kon he nich, wieldat se em nen twedden Uutgang lägt hadden, aower nu had he sinen Berid wier trüg.

Bi Laukötters op'n How hadden se sinen Vötriäter, so nen langhäörigen halwbakten Snottert, daomaols nao van'n How jagt, wieldat de kien Platdüütsk kon. So wat gaw et jä nich bi Potthoffs Hermann! Schweinebestandszählung in Spökenbiärg – dat was sinen Berid, dat was vüör em jüst äs Vakans. Un de Buern dankeden et em, wieldat Hermann auk ümmer wat Nies to vötällen had. Dat Schöönste för em was aower ümmer, dat Koffi, Koken, wat waam Iäten of een Snäpsken op'n Disk ston, un he ne Wiärk so to säggen auk nao uut de Kost was.

He had de Tälbüögen aal heel fien sorteert un fong bi Börgemanns an. Sien fast Optriäten bi sien gliektidig min Wiëten van de Landwärtschup was in de hele Buerschup bekant, mok aower niks, wieldat Hermann een spaosig Käälken was.

„Fiäken unner ses Wiärken", wüör in de iärste Rige nao unnen frogt, waobi säggen mos dat de miärsten Buern üören Bestand mäer of minner uutwännig kanden. Blaos bi Börgemanns was et Tante Anni, de ümmer aals heel fien in so'n Bööksken opschriëwen had, so brande dao auk niks an. „Tuchtsuëgen, drägtig of nich drägtig", wüör jüst frogt, äs Börgemann aal met de Snapspul üm'n Hook kam. Daonao wüör Beer un anner fien Spil reekt.

Potthoffs Hermann wus nao achttien Jaore akkraot, wao he üm wecke Tied sien mos, üm auk alle Gawen metniëmen to küënen. Düörsnidlik had he twe Buern muorns un twe naomeddags. Normaal kam nao Börgemann iärst Steenkamp, dän Wittenberg, Veltrup, Vosskötter, Kersting, Laukötter, Große Borstfeld un so wider.

Bi Brinkwirth kam he miärsttieds üm de Meddagstied, wieldat he wus, dat Brinkwirth för sien Oller nao een würklik patent jung Frommensk metkriëgen had, dat best kuoken kon, ofschoonst se uut de Stad kam un nich üörnlik Plat küern kon. Brinkwirth söws was vöseert uut'n Krieg kuëmen un göng ümmer nao een biëtken mank; he hümpelde un mos sik ümmer afstütten, wan he sik aoms in't Bedde läggen wol. Met de Tied kam daovan an de Wand van de Slaopkamer aower so'n swatten Pläcken, un dat junge Frommensk had an enen guëden Dag nen Anstriker frogt, of he äs iäm met üör in de Slaopkamer gaon wol, dan kon se em auk wisen, wao dän ollen Brinkwirth aoms ümmer hänpacken dai, wan he in't Bedde wol. Dat had de Anstriker aower nich rächt begriëpen un sag to dat junge Frommensk: „Aoch laot dat män guëd sien, Gnäödigste, ik sin de Jüngste auk nich mäer, doot se mi män laiwer ne Sigar!"

Dat Meddagiäten bi Brinkwirth was läcker, auk wan he so wanners miäkede, dat et em wal wat schummerig wüör, wisse auk, wieldat em ümmer wier nen Wacholder of een Käörnken met'n Pils prässenteert wüör. Vöschaiden Maol küerte he sik op düsse Aort fast un kreeg dän aoms Malessen, de pässigen Rigen to finnen. Van de akkraoten Tüskenbedriäge un Twiärssummen in de Tälbüögen garnich to küern.

Meddags bi Brunsmanns göng dat wat gauer, wieldat de blaos enen Swinebäer hadden, dän ensigen in sinen Berid, aower de was natüürlik vul unnerwäggens. So vögöng de Maondag met vul Plaseer, un Hermann straolde üöwer't hele Gesicht. „Kääl, wat'n Liäwen!", dacht he bi sik, „Jerren Dag wat to drinken un läcker wat to iäten. Un för jerren Tälbuogen gaw et auk nao 10 Euroos!"

Dingsdagaomd mossen se em dän aower bi Strothkötters Agnes vüör't Huus uut'n Grawen trecken, wieldat he alleen nich mäer druut kam. Gunsdag was he met sine Fiets tiëgen dat Rüenschötken van Grotenbeks föert, wieldat he dän Söwsbranten van Koppers nich guëd völknusen kon. Dat Malöör fun de Rüen nu üöwerhaups nich plaseerlik un häw em direktemang in't Gat biëten.

Dunnerdags bi Schoppmanns is et waan laat wuorden, wieldat Schoppmans Oma bi't Pankokenbacken op eenmaol daud in de Küëk liägen had un he forts methelpen mos, aals för dat Begräwnis in de Rige to krigen.

Fridags bi Hinrichsmanns platsde he in de Hochtied van dän Ölsten, toföllig – wat auk anners! Dao is he dän garnich wier wäg kuëmen. De jüngsten Blagen van dän Buer hadden sine Tälbüögen, de se aoms unner dän Liënstool an't Häädfüer funnen hadden, wao Hermann met sine Aktentask inslaopen was, dän annern Dag söws nao't Amt trüggebragt. Hier häöert de Geschicht nu op, wieldat se de Tälbüögen van Potthoffs Hermann op't Amt naomaol heel akkraot düörgaon wassen un daobi aower nao een paor klene Afwekungen faststelt hadden.

Daorüm mossen alle Läerjungens maondagsmeddags nao maol los un in Potthoffs Berid naotällen. De Hälwte van de Tälbüögen was smiärig un nich to liäsen trüggekuëmen, annere hadden dicke Fetpläcken. Bi't Naotällen had Potthoffs Hermann in sinen Berid 19 Ewers, 342.721 Fiäken, 167.526 Jungswine, 56.812 drägtige un 87.244 nich drägtige Suëgen.

Schweinekataster
und -register

22 | „... OP EENMAOL WAS HE WÄG ...!“

Pontius Pilatus kam jüst trüg van't Hüüsken, äs sien Wiew Claudia Porcula de Trap haug stuwen kam. Ächter Aom snuwede se: „Pontius, Pontius, du mos glieks kuëmen, de Lüde wilt, dat du Jesus van Nazareth vöurdeels, aower ik säg di nu aal: Laot de Fingers van dän Häer, he is unschüllig, ik had daovan leste Nacht so nen rächt grieslicken Draum.“ „Aoch kiek an“, sag Pontius, sammelde sik, nam sik vüöraf nao een Gläsken van sinen Söwsbranten un smeet sik in sien wit Ornat.

Wat was de intüsken passeert?

De baiden jüüdsken Haugen Priesters, Hannas un Kaiphas un nao wat anner Volk uut dän Ölstenraod, hadden de Niërse vul. Ümmer un ümmer häöerden se wier van düssen Jesus uut Nazareth, sine vüörwiesmaakten Wunners, sine anduernde Guodslästerung un anner Spil, wat de Lüde nich vöstonnen un weerig mok. Se wollen em met ne Finte in üöre Gewolt brängen. Daoför hadden se Judas Iskariot uutkiëken, nen jungen kunnigen Hallodri uut Jerusalem, de för Geld bol aals dai, aower auk enen van Jesus sine Jungens was. Em gawwen se 30 Sülwerlinge, un he mos dän Jesus vöraoden.

Jesus söws had sine Jungens tosammentrummelt un wol met üör anstännig to Aomd iäten. Äs se alle bineen satten, sag he, dat enen van de Jungens em vöraoden dai un daonao uutliëwern sal. Dao wassen se jä alle waan vöwünnert un froggen em: „Häöer äs, Jesus, glöws du, dat ik dat sin?“ He nam dän Braud, brak et un gaw et sine Jungens. Dat dai he so auk met Wien. „Iät un drinkt alle daovan, dat is mien Liew un mien Blood!“, sag he un mok sik daonao met dat hele Volk op'n Pat nao'n Öölbiärg, de nich wied wäg lag. Unnerwäggens vösiëkerde em Petrus, sinen Hauptapostel, nao kort sine 100%ige Folgschup, aower Jesus wenkede aal af un sag em: „Pas äs op Petrus, nu do nich so schienhillig, vödorri naomaol; nao äer äs dat de Nacht üm is un de Haan krait, häs du mi aal drai Maol vöraoden.“ „Bats“, dacht sik Jesus, „de häw aower siäten!“ Män Petrus wus üöwerhaups nich, wat em ankam!

In dän grauten Gaorn Getsemani wassen sine Jungens een üm't anner Maol induselt. Dao was Jesus rächt hellig drüöwer, wieldat se nich maol ene Stuns met em wacker bliwen konnen. Nen Aigenslag läter kam Judas un ne handvul Manslüde met Swiärter un Knüëpels üm'n Hook. Se wassen van Hannas un Kaiphas schikt wuorden. Judas göng op Jesus to un müülde em. Dat was dat afspruoken Teken, un in dän Momang nammen se em fast un bragden em vüör dän Haugen Raod.

Dao satten se nu alle, de bedüdenden Haugen Priesters un sochen nao Tügenuutsäggen, üm Jesus vöurdelen to küënen. Petrus ston in'n Hook un bekeek sik dat hele Spil. He was aal nen paor Maol anspruoken wuorden, dat he jä auk to düssen Häer Jesus häöerde. Ümmer un ümmer wier had he sägt van „Nä, niks, nich!", wieldat he bange was, dat se em auk an'n Kragen wollen. Falske Tügen wüörn anhäöert, aower so rächteforten kammen se nich wider, bes dat dan twe Kääls mänden, dat he jä Guod lästert had un dän Tempel in drai Dage wier opbauen wol. Dän wüör he an'n End nao frogt, of he mände, dat he Guods Suon, dän Messias was. Sine Antwaod aower göng aal in dän algemenen Rabats unner un se spruoken em schüllig. Dän häöerdes blaos nao: „An't Krüüs met em, an't Krüüs met em!"

Petrus had sik dat hele Spittakel ankiëken, äs em so'n Jüfferken sag, dat he jä män auk met düssen Jesus uut Galiläa tosammen was. „Ik weet nich, waovan du küers!", sag he. Dat passeerte nao twe Maol un jeed Maol sag he: „Ik ken düssen Häer nich äs." In dän Momang fong de Haan an to Kraien un Petrus wus genau, wat passeert was, göng nao buten un fong an to grinen. De Schriwt had sik bewaorhaitet!

Dän Dag daonao wüör besluoten, dat Jesus van Nazareth schüllig was, un se üöwergawwen em in de Tostännigkait van Pontius Pilatus, de de Vöhannelung för dän fröen Aomd in't Prätorium ansät had.

Judas Iskariot saoch, wat he maakt had, kreeg een slächt Gewiëten un smeet de 30 Sülwerlinge trüg in'n Tempel, aower för Rüe was et nu aal to laat.

Pontius Pilatus häöerde dän dat Volk op Straot wier un wier ropen: „An't Krüüs met em, an't Krüüs met em!", un lait sik dän met dän stadegenen Iësel in tien Minuten nao't Prätorium brängen. He fong auk forts an, Jesus to befraogen, of he de Küëning van de Joden was un anner Wiärks, üm auk een gerächt Urdeel to finnen. De hele Vöhannelung duerde so'n halw Stünsken; Pilatus aower kam so rächteforten niks wider; dat Volk had apat sien Urdeel aal lang funnen. „Wat sal ik säggen“, sag Pilatus, „Ik fin kine Schülligkait an em!“ un fong an, sik direktemang för dat opbragte Volk de Handen to wasken. „Ik sin unschüllig an dat Blood van düssen Häer!“ Daovan wollen se aower op Straot niks wiëten, un Pilatus wus anlest auk nich mäer wider. Ümmer wier bölkten se: „An't Krüüs met em! Laot he sik män söwwes helpen!“ Dat Spittakel wüör intüsken ümmer wainiger to üöwerkiken, bes dän Pontius Pilatus de Niërse auk vul had, Jesus vöurdeelde un em dän dat Volk op Straot üöwerlait. Nen annern Vöbriäker met Naomen Barabas häw he daoför fri laoten. Daonao trocken se Jesus uut, sätten em ne Kroon uut Däöns op'n Kop, trocken em so'n rauden Üöwergangsmantel an un mocken üöre Späöskes üöwer dän Jodenküëning.

Et göng nu nao Golgotha, wao se em an't Krüüs slaon wollen. Unnerwäggens dain se so nen jungen Knäppert, Simon uut Cyrene, dwingen, Jesus bi't Krüüsdriägen to helpen, wieldat de söws aal to swak was. Op Golgotha hongen linker- un rächterhand auk nao twe waore Swaorvöbriäkers an't Krüüs, un alle Lüde, de wiägen dat Spittakel dao vüörbikammen, schülköppeden un lachden Jesus uut. „Wan du dän Suon Guods büs, dän help di män söws un kuëm runner van't Krüüs!“, hollen se em engiëgen. Een paor Schandmulen wussen et nao biäter un raipen: „Nu kiek an: Anner Lüde häw he holpen, sik söws aower kan he nich helpen!“

Jesus had grülicke Pien, un äs em enen van de Suldaoten met so ne Lantse nao in sine Länne stiäken dai, was et üm em passeert. Halwwägs üm de niëgte Stuns was dat, wat he äs leste raip: „Mien Guod, mien Guod, waorüm häs du mi in Stiëk laoten?“ To glike Tied biëwerde de Äer, Felsen un Stene klaibden, dän Vüörhang in'n Tempel reet uutneen, Grawstiärn göngen los – et was de rainste Apokalypse. De Waken op Golgotha wassen daudenbang. Sowat hadden se üör Liäwedag nao nich sain. Dän enen was rats düörneen un raip: „Waorhaftig – dat was Guods Suon!“

Aoms kam nen Jop uut Arimathäa, de auk bi Jesus sine Jungens häöerde. He kreeg van Pontius dän Lieknam un pok em in Linnendöker, lag ne nie Grawstiär an, schauw nen dicken Felssteen daovüör un vötrok sik wier.

An dän annern Dag wassen de Haugen Priesters naomaol bi Pilatus. Se hadden jä van Jesus häöert, dat he nao drai Dage opstaon wol. Se wollen de Grawstiär beluern un oppassen, dat sine Jungens dän Lieknam nich stiälen un ächternao säggen konnen, he was van'n Daud opstaon. Se siëkerden de Grawstiär af, mocken dän Ingang dicht un laiten ne Waak trüg.

Dan göng et Slag op Slag, de Äer biëwerde, nen Engel kam van'n Hiëmel runner un schauw dän Felssteen wäg. De Suldaoten un Waken wassen garnich mäer to berüigen, se hadden Schis bes unner de Arms un föllen op dän Grund. De Lieknam was wäg un de Engel sag to de Fraulü, de dän Lieknam vösuorgen wollen: „I söökt alle förwis Jesus van Nazareth, de se an't Krüüs slaon häbt! Aower de is nich mäer hier, he is opstaon, so äs he dat vüördäm auk sägt häw, un he is aal op'n Pat nao Galiläa. Dao wol he sine Jungens driäpen."

Waken un Suldaoten aower konnen nich glaiwen, wat se sain un häöert hadden, klabasterden trüg in de Stad un vötälden alle Lüde, wat üör unnerkuëmen was.

(Uut dat Evangelium nao Markus)

23 | Sundags meddags in Kattenvenne

„Giëw Gas un niëm blaos nich dän Tramper dao an'n Hook met. Söcke düügt nich!", säg usse Mamma, de tiëgen mi in ussen Japaner sit. Met baide Handen hölt se sik an dän Griëp üöwer de Bifüererdüör fast. „Nu män sachte an! Mos us jä nich glieks ümbrängen met dine Raosen!"

„Käle, Käle, di kaas et aower auk ninich rächt maken!", denk ik nao so bi mi un huop, dat de Meddag gau vüörbi is. Van Spökenbiärg gait et nao Kattenvenne, wao de Familge van usse Mamma eenmaol jäörlik tosammen kümp.

Eengslik döt mi dän Tramper leed, ik häb jä fröer auk vul Audoos anhollen un fraogt, of se mi metniëmen konnen. Mi is dao nümmer wat passeert, ik häb ümmer Plaseer had un nen Haupen intressante Lüde kennenläert.

„Du hasses di auk rüig anstännig antrecken kont, de annern Kinner laupt dao ümmer harüm äs uut'n Ai pelt!", snauede se mi an. „Du süüs jä so uut, äs wan du di niks anners kaupen kons!" Ik hol daotiëgen, dat ik met 40 eengslik kien Kind mäer sin, aower daovan wil se niks wiëten.

„Kattenvenne – 9 km", stait op dat giäle Schild! Hier, nich wied van'n Teuto, häw usse Mamma üöre Wuordeln, un hier wuënt siet veer Generatsjaunen auk de Rest van de Familge.

Ik häöer, dat Ööm Bäänd jüst wier anbaut häw, waobi Ööm Bäänd eengslik ümmer an't Üm- of Anbauen is. „Natüürlik för de Kinner", säg usse Mamma, „kinnermäötig, aower auk för Besmoder ... ollenmäötig, vöstait sik." Un wan äs maol kine Kinner of olle Lüde in't Huus sint, dän baut he förwis een Carport, een Audoschöpken of een Schötken för 'n Rüen – rüenmäötig, wan du begrips wat ik main, ofschoonst de garkinen Rüen häbt.

„Hol äs iäm an, äer äs dat wi glieks op'n How föert!", häöer ik üöre schräperige Stem. Uut üöre Handtaske trekt se nen Haorbüörsel: „Hier – maak di äs iäm dat Haor üörnlik; du süüs jä op'n Kop unmüëglik uut!"

Nich äs ne veerdel Stuns läter sai ik Ööm Bäänd aal an't Gaornpäörtken staon. „Kiek an, usse Margret met üören Jungen!" Ööm

Bäänd gait met us düör sinen Vüörgaorn, de he so äs ümmer picobello för düssen Dag in Schus bragt häw. Op de Terras sit dän dat hele Volk: de Kinner an'n Kinnerdisk, de Fraulüde an dän Disk för Fraulü un de Manslüde an dän gräötsten Disk. Dat is so siet ik denken kan. Ik weet so rächteforten nich, waohän ik sal. De Blagen kriegt Coca, de Fraulüde Koffi un Plätskes, un bi de Manslüde stait Pils, Kaorn un Wacholder op'n Disk. „Korn ist das Wasser des westfälischen Mannes!", bölkt Ööm Bäänd un lacht. De Kaornpulle gait rüm, Ööm Heini krig ümmer twe daovan. Dän sin ik dran. Draimaol häb ik aal sägt, dat ik föern mot un nich drinken draw. „Kääl, du büs jä jüst iärst kuëmen un wis jä nich glieks aal wier wäg, dat biëtken Alkohool vöflög jä!", müntert he mi op. Van dän Fraulüdisk uut säg mi usse Mamma met een düüdlicken Ankiken, dat ik drinken sal. „Ach dieser Junge!", säg se to de annern Fraulüde. Alle lacht, un ik drink. Wat bliw mi auk anneres üöwer!

Dän mot ik met Ööm Bäänd rund üm't Huus. Wi laupt düör dän schäbbigen Wintergaorn un he wiest mi nu auk dat nie Sunnendak. „Aals kinnermäötig!", säg he un gait üöwer de nien Buodentiggeln un de Gaornplatten nao dän nien Sandkasten. Ik wünner mi plichtschülligst un kan em garnich säggen, wu mi dat aals op'n Sak gait. „Du büs waorhaftig nen graoten Baumester, Ööm Bäänd!", krieg ik jüst nao druut, dao kümp he aal wier met de Kaornpulle. „Hier!", säg he, un ik mot wier twe drinken, wieldat jä op een Been nich staon kaas.

De Fraulüde küert üöwer de Blagen un Kinnerskinner, un de Blagen an dän Kinnerdisk suupt sik rund un dusselig met Coca: De iärsten fang an't Spiggen un de annern lacht daodrüöwer. Guod Dank häw nüms metkriëgen, dat ik mine twe lesten Käörnkes stikum in de Coca-Pulle för de Kinner guoten häb. Nu häb ik enliks auk wat to lachen.

Usse Mamma kümp an dän Disk för de Manslüde un säg, dat ik nich so vul Beer drinken sal, daobi häb ik nao nich äs een Beer an de Lip had un blaos Kaorn un Wacholder drunken. Nu drinkt se auk een Käörnken un lacht äs so'n lüt Düwelken, wat ik mien Liäwedag nao nich sain häb bi üör. Dat süüt Ööm Hermann auk un krüp wat dichter bi üör bi. De Fraulüde häbt tüskentieds auk

Rauden op'n Disk. De miärsten Blagen an'n Kinnerdisk sint inslaopen, de lütte Jennifer is aal wier an't Spiggen. De Manslüde fangt an, smiärige Leedkes to singen un de Lune kon eengslik nich biäter sien. Dao fäng Ööm Hermann an, usse Mamma to mülen, wat de iärst nich wil, dän aower bol nich noog krigen kan.

De tienjäörige Ashley wiest twe Jungens üör Spil unnen harüm. De baiden kriegt raude Aoren un drinkt wider uut de Coca-Kaorn-Pulle. Anpacken drüëwt se Ashley aower nich. Ööm Bäänd un de annern Manslüde ligt nu däösend in'n Hook, an'n Disk van de Fraulüde lig blaos Besmoder nao nich unner'n Disk, aower de häbt se jä auk in üören Rulstool fastbunnen – de kan garnich druut fallen.

Ne halwe Stuns läter sin ik de ensigste, de nao bi Vöstand is, un ik weet so rächteforten nich, of ik mi üöwer dat Beld daudlachen sal of nich. Alle maakt dän Indruk, dat de schöne Fier sinen Högtepunkt ächter sik häw. Ik trek mine Joppe an, gao naomaol üm't Huus, smiet nen dicken Steen in dän nien Wintergaorn un daonao usse Mamma in'n Kufferruum.

„Allohool of nich Allohool, dat Audo bliw hier nich staon, häb di män nich so!", krig se jüst nao druut. Dän gait et nao Huus.

Ik frai mi, dat blaos eenmaol in't Jaor de Familgenfier is. Muorn sal usse Mamma förwis wier säggen, dat ik mi unmüëglik benuomen had, aower auk dat säg se jeed Jaor.

(fri nao een Vötälsel van Webers Andreas)